Contents

妃教育から逃げたい私3

沢野いずみ

PASH!文庫Fiore

「増えてる……！」

私は本棚を見て思わず大きな声を出した。

そこには以前はなかった本が収納されていた。

「クラーク様の日記帳が……増えてる！」

しかも一冊ではない。二冊三冊と増えている。

驚いている私に、マリアがお菓子の準備をしながら「ああ」と頷《うなず》く。

「殿下もマメですよねぇ」

「マリア知っていたの!?」

「さすがにいつ増えたのかまでは知りませんが、徐々に徐々に増えていったのは知っていますよ」

ということは、いきなり増えたのではなく、ちょっとずつ増えていったのか。

そしてそれに私が気づかなかったのか。

「王太子妃様、最近それに夢中ですもんね」

それ、と言いながらマリアがチラリと私の左手に視線を送る。

そこには本棚から取り出したロマンス小説があった。

「ち、違うのよ……!?　ほら、いろいろ参考に……！」

「なるほど……王子とのロマンスの参考に、ということですね？」

「そうじゃない！」

またマリアが暴走している！

「いえ、いいんです。わかっていますから」

「その言い方はわかってないわね？　わかってないとしか思えないんだけど！」

「それでロマンスはできそうですか？」

「ほらまったくわかってない！」

マリアは少し恋愛話が好きすぎる。

「いいじゃないですか、教えてくれても！　こんな王族のゴシップ……じゃなかった、恋の話、そうそう聞けないんですよ⁉」

「今ゴシップって言った！　はっきり言った！」

マリアがえへへ、と笑う。くっ、あざと可愛いな。

「だって、こうしてここで働いていると、娯楽なんてそれぐらいになっちゃうんですよー」

「じゃあ自分でその娯楽しなさいよ」

人の恋愛話などで満足しないで、マリアが自分で恋愛すればいいだけの話である。

「それがですね……」

マリアが途端《とたん》に表情を暗くした。

「一応お見合い話とか今まであったんですよ。でもまだ仕事したいなと思って、いろいろ先延ばしにしていたら」

「いたら？」

「全部なくなりました」

ああ……それってもしかして、もしかしなくても……。

「ルイ王子にやられました！　私がお見合いできないようにしてるんです！　ひどい！　花の命は短いのに……！」

マリアが悲しそうに紅茶をカップに注《そそ》いだ。私はロマンス小説片手に席に戻る。

「でもこのまま結婚できなくても保険としてルイ王子がいるからいいじゃない」

「保険ってなんですか⁉　私このまま行き遅れること確定ってことですか⁉」

私はそうとも違うとも言わず、笑みだけ返した。

ルイ王子がマリアを誰かと結婚させることはないと思うから、少なくともルイ王子が結婚できる歳になるまでは結婚できないと思う。

「マリアもあきらめたらいいのに」

「私はまだあきらめませんよ。理想はイケメン御曹司《おんぞうし》！」

お金で苦労したマリアは、できればもう苦労しないようにしたいようだ。

いや、私が言いたいのは、結婚をあきらめるのではなく、ルイ王子以外との結婚をあきらめたらということで……。

「マリア、御曹司も事業に失敗する可能性はあるのよ。その点、王子はずっと王子のままだからお買い得よ」

「失敗させないように、今ブリアナ様からいろいろ学んでいるんです！　大丈夫、私が引っ張ってみせます！」

た、逞《たくま》しい！

いつのまにブリっ子とそんなことしていたのだろう。私知らないんだけど。え、私抜きで二人でキャッキャウフフしてたってこと？　ずるい！　私も遊びたいのに！

「今度私も混ぜて」

「善処しますね」

え……その言い方混ぜてくれないやつじゃない？

なんでマリア！　ひどい！　最近私がクラーク様とのこと話さないから？　そんなに聞きたかった⁉

いいもんいいもん！　マリアとブリっ子が二人でコソコソしているところに乱入してやるんだから……！

私がそう心に決めたところで、コンコン、とノックの音が響いた。

「はい？」

「レティシア、俺だ」

クラーク様の声だ。

「どうぞ」

そう声をかけると、クラーク様が部屋の中に入ってきた。

「何かありました？」

「今度開催するパーティーで少し内容に変更が出たんだ」

クラーク様が私に変更内容が書かれた紙を手渡す。

「わざわざクラーク様が来なくてもよかったのに」

これぐらいなら侍従にお願いして私に届くようにすればいいだけの話だ。わざわざクラーク様が足を運ぶ必要はない。

「いや、その……」

クラーク様が言い淀む。

「レティの顔を見に来る口実が欲しくて……」

少しはにかんだような表情でそう言われ、不覚にも胸を撃ち抜かれた。

マリアもあざと可愛かったけど、私の夫もあざと可愛い……！

「そ、そうですか」

動揺を隠そうと視線をクラーク様以外に向けると、マリアがとても興奮した様子でうんうん頷いているのがわかった。

これはあれね、「いいぞもっとやれ！」という表情ね？

私はマリアをスルーしてクラーク様に視線を戻した。ありがとうマリア、おかげで顔の火照《ほて》りが取れた。

「クラーク様もお茶を飲みます？」

「いや、仕事を抜け出してきたから」

残念だ。

そう思っていると、クラーク様がスッと何かを差し出してきた。

「なんですか？」

「レティシアが気にしていると思って」

クラーク様が手にしているのは本のようなものだった。

まさか、と私がクラーク様を見ると、クラーク様は再びはにかんだ笑みを浮かべる。

「俺の日記帳の続き」

「気になんてしてませんけど!?」

そもそも続編読んでないし！

「まあまあ、そう言わずに」

クラーク様は私に日記帳を手渡すと、「それじゃ、また」と言い残し、足早に去っていった。

「……」

「……」

私とマリアは、私の手の中にある日記帳を見つめる。

「……中身見てみません？」

「断る」

マリアがしょんぼりと肩を落とした。

でも見ない！　マリアにネタを提供なんてしないから！

私はそっと日記帳を他の日記帳と同じところに置いた。

「……」

けどやっぱり気になって再び手に取る。

「あ、やっぱり読むんですね」

「ち、違うわよ。ほら、新婚旅行バタバタだったから、どんなだったか改めて人の視点から思い出したいというかなんというか」

「あ、私が温泉に行けなかったやつですね！　次は絶対連れて行ってくださいよ！」

「わかったわかった！」

私は迫ってくるマリアから逃げながら、日記帳を見る。

そこの表紙にはこう書いてあった。

『クラーク王子の日記帳　新婚旅行編』

◆◆◆

「レティ」

中庭にいると、聞き慣れた声が私の名を呼んだ。

おかしい。今日は仕事漬けだと自分で言っていたではないか。わざわざ朝、隠し扉から来て、寝ぼけている私にそう言い置いていったではないか。

だからこそ私は今日こそ存分に、目的を達成できると気合を入れたというのに。

いや、朝宣言していくほどだ。きっと今も仕事中に決まっている。というわけで今聞こえた私を呼ぶ声は幻聴である。

そう、そのはずだ。私は疲れているのだ。今日は部屋に戻ろう。可及的速《すみ》やかに。

「レティ」

「ンギャー！　やっぱり本物だったー！」

さっさと去ろうとした私の首根っこを摑んだのは幻でもなんでもない、クラーク様ご本人だった。

現実逃避した意味は欠片《かけら》もなかった。物理的に捕まってしまった。

ジタバタしてなんとか逃げようとする私と、私の首根っこを片手で摑んでいるクラーク様の力の差は歴然である。いくら暴れても逃げようがない。

だが悪あがきはさせてほしい。ある目的のための行動をしていた私を見られたことへの羞恥による抵抗ぐらい、しても誰も文句あるまい。

「レティ……あー……その……急に来てすまない……」

謝るくせに私を離さないクラーク様は、言い淀みながらそう言った。気まずいんだ。そうに決まっている。私だって気まずい！

クラーク様は、やや眉を下げながら懸命に笑顔を浮かべた。

「レティは、今のままでいいと思うよ？」

「そのセリフは自分に自信のある人間が上から目線で言うことです！」

クラーク様の気遣いの言葉も、今の私には急所に刺さる。一番の凶器は優しさである。

「いやそんなことはないんだけれど」

「いえそんなことあるに決まっています。ええ決まっていますとも！」

私は逃げるのをやめて、首根っこを摑んでいるクラーク様の手を振り払った。そしてクラーク様の脇腹を鷲摑みする。

「この！　贅肉《ぜいにく》の！　ない体で！　よくもぬけぬけと！」

「レ、レティ？　く……ふ、ふふふっ」

「くらえ！　くすぐり攻撃！」

「ふ、ふふふレティやめふふふふふ！」

無駄な肉が存在しないと言っても過言でないほど引き締まったクラーク様の脇腹を両手でくすぐると、クラーク様は身をよじってプルプル震えた。

「やめ、レティ、ふふふふ、ふ、死ぬ……」

「くすぐりで人はそうそう死にません！　それより私は恥ずか死にそうです！」

「恥ずかしさでは人は死なな……ふふあああごめんごめん謝るから！　勘弁してくれふふふ！」

謝罪の言葉が出てきたので渋々手を離す。クラーク様は息を乱しながらそのまま中庭に後ろから倒れ込んだ。

「本当……俺王子だから……ほとんどそういうことされたことないから……こういうのに慣れてないからやめて……」

息も絶え絶えに言う内容は情けないのに、その姿は煽情的《せんじょうてき》だ。

容姿がいいって得だ……それに引き換え私は……。

私は自分の脇腹に手を添えた。

摑める。

「くううううう憎い脂肪があああ！」

「レ、レティ？　レティは太ってないよ？」

「痩せているやつが言うな！　嫌味にしか聞こえない！」

「嫌味じゃない！　レティはそのままで可愛ぃ！」

「その言葉にちょっと甘えたら太ったのよぉぉぉぉ！」

悔しさでその場に座り込み地面を何度も叩く。土と草なので痛くはない。心は痛ぃ。

「太ったけど、気にしないようにふるまって！　こっそりとバレないようにダイエットしてたのに！　なんで見に来るのよおおお！」

「いや、話があったから……」

「必死に腹筋する私を笑いに来たんでしょおおおお！」

「レティレティ落ち着いて」

「落ち着けるわけないー！」

わめきながらも地面を叩く私と、それをやめさせようとして火に油を注ぐクラーク様。

そんな私たちを遠巻きに見る兵士と侍女。

この、どうにもならない状況を打開できる人間は、この場において、一人しかいなかった。

「いい加減にしてください、鬱陶《うっとう》しい」

「ぷぎゃ！」

変な声が出たのは力ずくで立たされたからだ。

ひょいと私を持ち上げて立たせたリリーは不機嫌さを隠そうとしない。……それより地面にいる女をひょいと担《かつ》ぐなんて、リリーは力持ちね……。

「ジメジメジメジメ鬱陶しい！　痩せればいいだけの話でしょう！　そうですね？」

「あ、はい……」

本当はよくないけれど、今のリリーに逆らってはいけない。私は不承不承頷いた。

ちなみにこの場にリリーがいるのは、運動指南役として付き添ってもらっていたからである。

「申し訳ございません、殿下。今レティシア様はとても繊細なんです。で、何か御用事だったのでは？」

「あ、ああ、そうだレティ」

クラーク様も調子を取り戻した様子で、私の手を握って破顔した。

「新婚旅行に行こう！」

「は？」

◆◆◆

仕事があると言っていたのは嘘ではないようで、クラーク様はすぐにその場からいなくなってしまった。

「あわわわわわリリー！」

私は口から出るのではないかと思うほど跳ね上がる心臓を抑えるべくリリーの両肩を掴んだ。

「私新婚だったわ！」

「存じております」

興奮のあまり、掴む力を加減できないけれど、リリーは顔色一つ変えずに淡々と答えた。すごいわリリー！　加減できなくて本当にごめんね！

「新婚夫婦には新婚旅行というものがあるのよリリー！」

「存じております」

リリーは私を上回る力で、肩に乗っている手を退けた。そして退けた手を取られたけれど、軽く抓《つね》られてる気がするのは気のせいよねリリー？　涼しい顔していたけど実は痛かったのリリー？　謝るからお願い静かに抓るのやめてリリー！

「いだだだだごめんなさいごめんなさい許して！」

「あらいやだ、申し訳ございません。少々力加減を忘れまして。主《あるじ》と同じことをしてしまいました」

わざとらしい言い方をして、リリーは手を離した。

嫌味ね、嫌味を言っているのねリリー！　でも悪いのは私だからいいわ！

「それよりリリー！　しししし新婚旅行ですってよ！」

「落ち着いてください」

「ああああああああの噂の新婚旅行よリリー！」

「落ち着いてください」

「はははははは破廉恥《はれんち》よー！」

「落ち着きなさい！」

「あ、はい」

リリーに怒鳴られ少し冷静になる。昔からリリーは怒ると怖い。リリーが声を荒らげたときは逆らってはいけないということは、長年の経験から身に染みている。

「レティシア様、新婚旅行イコール破廉恥ではないことだけは覚えておいてください」

「でもお話の中では……」

「それは一度お忘れください」

「はい……」

リリーに言われ、一度全ての情報を忘れることにした。どうやら新婚旅行に関する私の知識は偏《かたよ》ったものらしい。

でもだって、俗世から離れている私には恋愛小説ぐらいしか参考にできるものないんだから仕方ないと思うの。

「新婚旅行は新婚夫婦二人が旅行に行くだけです」

「でも、一つ屋根の下で……」

「現在進行形で一つ屋根の下で暮らしておりますでしょう」

そうだった。

部屋は別だが、現状王城という一つ屋根の下で一緒に暮らしている。さらに言えば王様や王妃様、マティアス様とも一つ屋根の下で暮らしている。

現状を把握できたらやや心のゆとりが持てた。

そうだ、今だって一つ屋根の下に暮らしていてなんともないんだから大丈夫だ。

――ん？

「新婚夫婦……二人……？」

私はリリーの言葉を繰り返した。

「夫婦は通常二人でしょう」

リリーが当然のことだという表情で返す。

「二人きり……？」

「そうなりますね」

旅行を……二人だけで……？

「いえ、正式には護衛や従者も一緒のはずですが」

「でも厳密に言えば、二人での旅行よね？」

「……まあ、そうですね」

リリーの返事に、私は固まった。

そ、そんな二人っきり……？

部屋も……たぶん一緒……？

旅行中、ずっと二人で……？

「無理ー！」

私の絶叫に、リリーは静かに耳を塞いだ。

◆◆◆

「いやいやいやいやおかしいでしょう」

さすが王家の馬車！　と感心するほどの大きな馬車に揺られながらも沈黙を守っていたブリっ子は、急に我に返ったようにそう言った。実際急に我に返ったのだと思う。

「なんで新婚旅行に私いるのよおかしいでしょ！」

「おかしくないおかしくない」

「新婚旅行に友達がついていくなんて聞いたことないわよ！」

「これからは定番になるかもしれない」

「なるかー！」

ブリっ子は興奮のあまり立ち上がったが、不安定な馬車の中だ。ふらつき、慌ててまた座り直した。

「しかも何、この大人数！　従者や護衛はいい！　マリアやリリーさんも、旅先で必要なこともあるでしょう……でも、でも！　兄はいらなくない？　新婚旅行に嫁の兄は普通ついてこないんじゃない？　イチャつきにくくてたまらないでしょ！　友達も普通は連れていかないのよ！　あとおまけで隣国の王子もいるじゃない！　新婚旅行でしょ!?」

「私流の新婚旅行なの」

「んなわけあるかー！」

ちなみに今は小鳥の声が美しく響く、早朝である。ブリっ子、朝から元気で何よりだわ。

「あとルイ王子は一応必要なの。彼の国の王宮でお世話になる予定なんだって」

「ますます下っ端貴族の私を連れていってはいけないじゃない！」

ブリっ子が頭を抱えた。考えすぎだと思う。

「誰もお供《とも》が下っ端貴族でも気にしないって」

「私教養も何もないのにー！　あんたみたいに優雅に食事や挨拶《あいさつ》できないわよー！」

「大丈夫大丈夫ー！　なるようになるからー！」

「あんた他人事だと思ってんでしょ！」

バレた。

ブリっ子は、こちらを睨《にら》みつける。

「大体、急に家に来て叩き起こされたかと思えば、あれよあれよと着替えをさせられ、いつのまにか荷造りを済まされ、馬車に乗せられるとかありえない！　事前に言いなさいよ！」

「事前に言ったら逃げるじゃない」

「当たり前だわ！」

じゃあやっぱり今回の行動は正解だったわけだ。私は自分の判断力の高さを褒め称えたい。

「あと……あとどうしても抗議したいのは！」

ブリっ子は再び立ち上がった。

「この、馬車の組み合わせよ！」

馬車の揺れに耐えきれず、ブリっ子は早々に座り直した。もう立つのやめたらいいのにと言ったら怒るだろうか。

「どこがおかしい？」

「これがおかしくないと思うの⁉」

ブリっ子が恐ろしい顔をしたのが確認できた。ついでに馬車が揺れて豊かな胸が大きく揺れたのも確認できた。羨《うらや》ましいとか思っていない。決して。

「あんたの隣が私で、その前に座るのがマリアとリリーさんってどういうことなの⁉」

ブリっ子は目の前に座る二人を指さした。

「男女別々のほうがわかりやすいじゃない」

「わかりやすさとかで決めるものじゃない！」

「私は女子会みたいで楽しいですー」

「マリアややこしくなるから入ってこないで！」

「私は止めました」

「リリーさん……常識人はあなただけだわ……」

ちょっと待ってそれは納得できない。ブリっ子があまり関わりないから知らないだけでリリーだってなかなかの性格をしているのよ。常識人ではない。常識人は自分の仕《つか》える人間の手を抓らない。

「新婚ほやほやの旦那さんと乗ればいいでしょ！」

「一応明日は一緒に乗る予定」

「今日も一緒に乗れと言っているのよこのお馬鹿！」

失礼な！

それにしても、まだ旅も序盤も序盤なのだが、ブリっ子はこの調子で体力もつのだろうか。というか本当に元気だな。ずっと叫んでいる。

まだ私に対して言い足りないらしく文句を述べているブリっ子の声を聞きながら、私は窓の外に目を向けた。

こういうのは聞き流すに限るのである。

◆◆◆

「疲れた……」

やはりブリっ子の体力はもたなかった。

ルイ王子の国、デルバラン王国には一日で着かないため、途中で宿に泊まる必要がある。

事前に予約していた宿に到着し、そこで馬車を降りるころには、ブリっ子はフラフラになっていた。

「ずっと叫んでいるからいけないのよ」

「誰のせいだと思っているのよ！」

私は聞こえないフリをした。

ちなみに今日泊まるのは以前ルイ王子に誘拐されて泊まったボロ宿ではない。あれは最短ルートでの旅で、ルイ王子のわがままのために泊まるしかなかったから泊まっただけだ。

今回はもちろん計画した旅行なので、それなりの宿を用意している。私は今回泊まる宿を見上げ、満足気に頷いた。

「うんうん、やっぱ新婚旅行はこういう宿よね」

「なんだかんだ言いながらあんた楽しみにしてたんじゃない」

ブリっ子が私の腕をツンツン突いてきて鬱陶しい。別に新婚旅行が楽しみなんじゃなくて、旅行というものが楽しみだったのである。大事なところだから間違えないでほしい。

「レティ、大丈夫か？」

「ええ」

私たちとは違う馬車から降りてきたクラーク様は、気遣うように私の肩を抱く。いつもより長い時間馬車に乗っていただけだし、乗り物酔いもしていないから、私はすこぶる元気である。

「ねえ、まさかこの旅行中ずっとこういうの見せつけられるんじゃないわよね？　いやよ私。今からでいいから家に帰して」

私とクラーク様を半目で睨みながら言うブリっ子に対して、クラーク様は安心させるように微笑んだ。

「旅行中の賃金は発生するし、諸々かかる経費はこちら持ちだ」

「やだー！　デルなんとか国に着いたらドレス買っちゃおー！」

「デルバラン王国だ、馬鹿女」

「ば、馬鹿ですって!?」

クラーク様の言葉を聞いてさっきまでの不機嫌な様子はどこにいったのか、途端にはしゃぎ出したブリっ子に対して、静かに罵倒しながら訂正したのは、私の兄、ナディルである。

「玉の輿《こし》に乗りたいのなら、隣国のことぐらい学んでおけ」

「大きなお世話よ！」

今日も絶好調に性格が悪そうだ。

ブリっ子は以前の兄に対しての態度はどこへやら、最近はあまりブリブリしなくなった。兄がまったく靡《なび》かないのを悟ったらしい。でもそのわりに兄の隣をちゃっかり確保したりしているから完全にはあきらめてはいないのかもしれない。

ちなみにブリっ子に名前を覚えてもらえていなかった国の王子は熟睡してしまい、ライルにおんぶされている。子供って本当いつでもどこでもよく寝るものだ。

私たちは宿に入るとすぐに部屋へ案内された。部屋はさすが、王族の新婚旅行の宿に選ばれるだけあって、王都の私の部屋ぐらいはあった。

天井には埃《ほこり》一つないシャンデリアがあり、それだけで、宿の質がわかる。中央に大きなテーブルとソファーがあり、その奥にはバルコニーがある。バスルームやトイレも完備されているし、ベッドも前泊まった宿とは比べ物にならない質のよさだった。

「うん、文句なし！」

「文句ありー！」

満足して頷く私に対して、ブリっ子は大きな声を出した。

「新婚旅行なのになんで私とあんたが一緒の部屋なのよ！」

「男女別々のほうがいいと思って」

「新婚旅行でそんなわけあるかー！」

馬車でぐったりしていたのに、すっかり元気を取り戻したようである。

「新婚夫婦で泊まりなさい！」

「デルバランの王宮では隣同士の部屋になってるわよ」

「そういう問題じゃない……ってそっちでも同室じゃないのかーい！」

ブリっ子は絶好調である。

「新婚旅行じゃないわこんなの、ただの旅行よ！　あんた新婚旅行をなんだと思ってんの！」

「新婚夫婦が距離を縮め合う旅行」

「距離の縮め方が遠すぎるわー！」

ブリっ子は埒《らち》が明かないと思ったのか、部屋から飛び出し、隣の部屋の扉を叩きだした。

「ブリっ子、他の宿泊客に迷惑だから」

「ここの宿、貸し切りになってるでしょーが！」

え、そうなの？　気づかなかった……いい部屋借りただけでなく、貸し切りにしたのか。

なんと贅沢な泊まり方……。

「それでも迷惑だ、やめろ」

眉間に皺《しわ》を寄せながら兄が扉を開けた。その後ろからクラーク様が顔を出す。

「レティ、どうした？」

「いえ、私ではなく……」

訊《たず》ねるクラーク様に、私は困ってしまう。私は用はない。あるのはブリっ子だ。

「クラーク殿下！」

ブリっ子が身を乗り出した。

「新婚旅行なのですから、夫婦同室になさるべきです！」

ブリっ子は拳《こぶし》を握る。

「そしてナディル様とは私が同室になります！」

「待て待て待て！」

思わず止めに入った。

「ブリっ子、それが狙い!?」

「狙いなんて人聞きが悪い！　私は新婚夫婦は同室になるべきだと思うし、おまけで既成事実作れればラッキーかなと思っただけよ！」

「自分に正直すぎる！」

ブリっ子はどこまでいってもブリっ子だった。

兄はそんなブリっ子を上から下までしっかりと舐めるように見てから鼻で笑った。

「出直してこい」

「なんですってええええ！」

「ブリっ子、落ち着いて、落ち着いて、ひっひっふー！」

「それ出るやつ！」

兄に飛びかかろうとするブリっ子を押さえていると、押さえている本人から訂正された。細かいやつめ。

「クラーク様も、本当はレティシアと同じ部屋がいいですよね!?」

ブリっ子が再び矛先《ほこさき》をクラーク様に向けると、クラーク様は端整な顔を照れたように掻きながら言った。

「いや、いきなり同室はちょっと……」

ブリっ子は今日一番の声を上げた。

「お前もヘタレかー！」

◆◆◆

「美味しい……」

興奮していたブリっ子も、食事を食べ出したら静かになった。美味しい美味しいと言いながら咀嚼《そしゃく》している。

ちなみにもちろん宿の料理も、前回と違い、フルコースがふるまわれている。すごく豪華だ……いやでも、私はあの庶民料理も嫌いではない、というか結構好きだ。できればもう一度食べたいなと思っている。

「ナイフとフォークの持ち方がなっていない。音を立てるな。腕を必要以上に動かすな」

「美味しいのに……隣がうるさい……」

ブリっ子の隣では兄が小言を漏らしている。ブリっ子本人が言っていたように、あまり教え込まれていないのだろう食事の所作に、兄が見かねて注意している。

「なぜ食事ぐらい自分の好きに食べられないのか……」

ブリっ子は食事中は静かにするべきという常識はあるようで、苛《いら》ついてはいても、兄に対して怒鳴るようなことはしない。ただただ静かに不満と怒りを溜めている。

「貴族なのだから当たり前だろう。……ああ、ほら、言ったそばから音を立てるな」

「姑みたい」

「もう一回言ってみろ」

「意地悪姑」

「あとで覚えていろ」

「記憶力がないのでお断りします」

兄とブリっ子は楽しそうだ。たとえテーブルクロスの下で足の踏み合いによる激戦を繰り広げていても楽しそうである。

「なぜマリアと一緒に食べられないんだ」

ルイ王子はしょんぼりと肩を落としている。

マリアは私の後ろに控えたまま、にこりとして答えた。

「私、一応仕事で来ていますから。食事はあとで皆様とは別で頂くんです」

「僕はマリアと一緒に食べたい」

「あきらめてください」

マリアにはっきりと拒絶されますます肩を落とした。

「私もいるんですけど」

「お前は僕の従者だから別で食べるのは当たり前だろ。前は仕方ないから一緒に食べただけだ」

「扱いの差……」

ルイ王子の後ろに控えたライルが泣きそうな顔をしている。でも仕方ない。だってライルだもの。

「ブリっ子、ここの浴場大きいらしいからあとで一緒に入りましょう」

「あんたはなぜ私とばかり距離を縮めようとしているのか……」

ブリっ子が兄との攻防戦を一時的にやめて、憐《あわ》れみの目でこちらを見てくる。なぜ私はそんな目で見られているのだ。

「なんならクラーク殿下と入ってきたらいいじゃない。一緒に入浴は新婚夫婦の醍醐味《だいごみ》で

room together

しょ」

「入らない夫婦も多いでしょうが」

「クラーク殿下もレティシアと一緒に入りたいですよね？」

ブリっ子と比べるのもおこがましいほどの優雅な所作で食事をしていたクラーク様は、少し思案したあと、頬を染めた。

「まだ早い」

ブリっ子は手に握ったフォークを思わず振りかざし、すかさず兄に取り上げられていた。

「いけない……あまりのヘタレっぷりに、思わず殺意が湧いてしまったわ……」

ブリっ子は首を何度も振り、感情を抑えようとしていた。兄はそんなブリっ子の頭を押さえた。

「食事中に頭を動かすな」

「あんたちょっとはこう、旦那と一緒にいたいなーとか思わないわけ？」

ブリっ子は兄を無視してこちらに話を振ってきた。クラーク様が途端に食い入るように私を見つめた。やめて、返事を期待しないで！

「一緒にいたくないわけではない……」

ブリっ子は私の返事が気に入らなかったようで、再び料理と格闘し始めた。対してクラーク様は大変感動した様子で、頬を染めている。どうしてそんなに反応が乙女みたいなの。

「肉をそんな切り方するな。一口が大きくて下品すぎる」

「私決めた。厳しい姑や口うるさい小姑のいない金持ちと結婚する」

「女だけが意地悪なわけじゃないぞ」

「やかましい親族がいない相手と結婚する」

ブリっ子が決意を胸にステーキを頬張った。

◆◆◆

途中で文句を言われたりなんだりしたが、無事に目的地に到着した。

「おおー、立派な城ねぇー」

ブリっ子が仰ぐようにして城を見上げている。確かにデルバランの王宮はとても大きい。私の住む王城より大きいかもしれない。

「徐々に徐々に増築してこの大きさになったんだ。だから形が独特だろう？」

自国の王宮の自慢をするルイ王子は鼻高々だ。

ルイ王子の言う通り、少し形が歪《いびつ》だ。だが不思議とそれが美しく見える造りになっている。

「ここからは僕が案内する。さ、マリア、僕の隣に」

「いやです」

マリアの腕を摑もうとして逃げられたルイ王子は、しょぼくれながらも先頭を歩く。ちなみにマリアは侍女として連れてきているのでリリーとともに、一番後ろだ。

増築したと言った通り、それぞれの場所で壁の素材が違ったり、石が変わっていたりして面白い。

周りを観察しながら進むとあっというまに玉座の間に着いた。

ルイ王子はノックもせずに扉を開けた。お、おい、いくら王子でもノックぐらいはしろ！

やや焦《あせ》るこちらの気持ちも知らず、ルイ王子は中へ走っていく。

「父上ー！」

叫びながら玉座に座る人物に飛びついた。おそらくその人物はルイ王子の父親、つまりは国王陛下だろう。陛下は慌ててルイ王子を抱きとめた。

グキッという音が鳴り響いた。

「……父上？」

ルイ王子が飛びついた父親から少し体を離して、顔を覗《のぞ》き込んだ。

「おおう、ルイ、よく帰ってきたのお」

好々爺《こうこうや》という言葉がふさわしい王は、ルイ王子の頭を撫で回す。

「相変わらず可愛いのう。でも前より少し大きくなったようじゃなあ」

「本当ですか⁉」

ルイ王子は嬉しそうに父親の上ではしゃぐ。そのたびに王から「ぐぬ」やら「ふお」やらの声が漏れ聞こえる。

親子水入らずのところに水を差すのは申し訳ないが、いつまでもここで親子の触れ合いを見ているわけにもいかない。何より王様におそらく限界がきてしまう。

私たちはお互い頷き合って一歩前に進んだ。

「デルバラン国王陛下。今回は滞在許可を頂き、ありがとうございます。私がアスタール王国の王太子クラーク。こちらは妻のレティシアです」

「お初にお目にかかります陛下。レティシアと申します」

カーテシーをすると、陛下はルイ王子を抱きとめている手とは別の手で制した。

「よいよい。そちらではルイが世話になっておる。せっかくの新婚旅行なのだから、堅苦しくせず、のんびり過ごしておくれ」

陛下はルイ王子をゆっくりと降ろす。降ろしながらたまに「んふ」やら「あう」やらの声が漏れ聞こえた。

「王宮を案内してあげたかったのだが、申し訳ないのう」

陛下は伸ばした白いひげを撫でつけた。

「わしはたった今ぎっくり腰になってしまったようだから、しばらく安静にしておこうと思うのじゃ」

ぜひそうしていただきたい。

私たちが頷くと陛下は安心したように微笑んだ。

「父上、なぜぎっくり腰に？」

お前だ。お前だよ犯人は。

そう言いたいのを父親の手前ぐっと耐え、私たちはルイ王子に案内をお願いした。ルイ王子はもう少し父親と一緒にいたそうだったが、渋々承諾し、私たちは王の御前を辞した。

「驚かれたでしょう？」

歩きながらライルが話しだした。

「陛下はあの通りご高齢ですから、遅くに生まれたルイ王子が可愛くて可愛くて仕方ないんですよ。その結果がコレです」

「コレとはなんだ！」

コレ、と指さされ、ルイ王子は顔を赤くして怒る。私はそれを見ながらなるほど、と今までのわがままな行動に納得がいった。

「甘やかされたんだろうとは思ってたけど、本当に甘やかされていたのねえ」

「言葉に棘《とげ》を感じる」

ルイ王子が不満そうな顔を向けるが、それは無視する。

「私粗相してなかった？　大丈夫だった？　変なことしてない？」

「後ろに控えていただけでしょう？　何も問題ないわよ」

「不安だわ……」

移動中の元気な様子から一転、ブリっ子は不安でたまらないようだ。ブリっ子はどうやら自分の教養に不安があるらしい。

もともとブリっ子は男爵家の跡取りとして育てられた。未来の夫人になるご令嬢と、跡取りとなる人間の教育は違う。それに裕福ではなかったから、そういった貴族の教養より、経営面ばかりを学んでいたらしい。

「私ほぼ庶民みたいなものなのよ。絶対何かやらかす。何かやらかす……私だけ別で宿取っちゃダメ?」

「安全のためにもここ以外ダメだ」

ブリっ子は落ち着かない様子で、そわそわしながら提案するも、兄に却下された。少人数で来ているため、別で護衛をつけられないのだ。王太子夫婦の新婚旅行についてきた友達のために、わざわざデルバラン王国の騎士を借りるわけにもいかない。

デルバラン王国の王宮に泊まるほかないとわかったブリっ子は意気消沈した。いくら王宮といえど、ただ泊まるだけだから、普通の宿とそこまで変わらない気がするけどなぁ。

あ、でも食事があるのか、と先日兄にテーブルマナーで叱られていたブリっ子を思い出した。

「げ、元気出して。ほら、私の隣の部屋だから」

「それの何を喜べばいいのよ……」

ある程度案内が済み、私たちが滞在する間過ごさせてもらう部屋の前に来たので、そう声をかけたのに、ブリっ子にとっては気分を浮上させる要素ではないらしい。

なんで!? 親友同士で隣の部屋嬉しいじゃない!

「マリア、僕は自室があるから一緒にはいられないけれど、寂しかったらいつでも来てね」

「何があっても行きません」

ルイ王子はここではなく、自分の部屋で過ごすらしい。そりゃそうだ、自分のお家だもの。わざわざ客室には泊まらない。

「俺も隣だぞ。よかったな」

兄が落ち込んでいるブリっ子に声をかける。ブリっ子の目が一瞬光る。

「夜這いさせてくれるなら元気出るかも」

「しっかり警備する」

ブリっ子は案外元気かもしれない。

「ああ、レティシア」

部屋に入ろうとした私を呼び止めたのはクラーク様だった。

端整な顔に笑みを浮かべる。

「明日はピクニックに行こう。二人で」

◆◆◆

二人きりピクニック。二人きりピクニック。二人きりピクニック。

頭の中に延々とその言葉がぐるぐると回る。考えすぎてもはやわけがわからなくなった。

ピクニックってなんだっけ……。

いやピクニックはピクニックだ。しっかりしろ私！

気合を入れるために頬っぺたを叩く。隣にいたクラーク様が驚いたように肩を震わせた。

「ど、どうしたレティ？」

「いえ、なんでもないです」

ちなみにもうすでに二人っきりだったりする。

そうもうすでに二人っきりなのだ。

しかも一頭の馬に二人で乗りながら、護衛をやや遠くに配置しての遠乗りである。

私はクラーク様の背中にしがみついている。

二人っきりっていつぶりだろうか。それより体の密着度が気になって仕方ない。私汗をかいてないだろうか。汗臭い？　もしかして私汗臭かったりする？

意識しすぎてあれもこれも気になってしまう……ああ、クラーク様男性なのにいい匂い……って違う！

私はブンブン頭を振り邪《よこしま》な考えを追い出す。

「レティ？　もしかしてもう疲れたか？」

「いえ全然！　まったく！　疲れてないです！」

疲れてないからこそいろいろ考えてしまって大変なのだ。

私は静まれ静まれと心の中で唱《とな》えながら胸に手を当てる。それにしても、腕越しに感じるクラーク様のお腹が固い。思ったより鍛《きた》えているのかしら……。

「レティ？　レティ！」

「は！」

物思いにふけっている間に、目的地に着いたらしい。クラーク様の手を借りて馬から降り、護衛に持ってもらっていたバスケットを受け取った。

そして周りを見て私は感嘆の声を上げる。

「わー！」

着いた場所は一面の花畑だった。見たことない青い花だ。

「この花は、デルバラン王国の気候でしか育たないんだ。せっかく来たのだから見せてあげたいと思ってね」

道理で見たことないはずだ。私は希少な花をよく見ようと顔を近づけた。

「うわぁ、すごく甘い匂いがします！」

「そうだろう。香水の原料にもなっているらしい」

初めて感じる香りに感動していると、新たな情報を与えてくれる。さすが外交も行うだけある。物知りだ。

……私ももう少し勉強しよう。

「食事にしようか」

クラーク様の言葉に頷いて、バスケットを開く。中身はサンドイッチだ。

「ん？」

隅に折りたたまれた紙がある。私はそれを開いた。

『レティシアは押しに弱いのでガンガンいくといいと思います。ブリアナより』

握りつぶした。

もう一枚入っていたのでそれも開く。

『子作りは早めのほうがよろしいですよ。ナディルより』

握りつぶした。

「レティ？　それはなんだい？」

「なんでもありません」

私は握りつぶした手紙をポケットに仕舞った。

余計なことをするやつらだ。

「さあ食べましょう」

私は何か言いたそうなクラーク様を制して、サンドイッチを手渡した。

「こうしてのんびりするのもいいものだな」

クラーク様は暖かな陽気に誘われたのか、目がウトウトし始めている。

「昼寝でもしますか？」

私も眠くなってきたのでそう提案するも、クラーク様は拒否した。

目を擦《こす》り、そばに咲いている花で、いつかのように、花冠を作ってくれた。

「うん、その花も似合う」

照れくさくなって俯《うつむ》くと、甘い匂いが鼻孔をくすぐった。

クラーク様はそんな私をしばらく眺めていたが、名残惜しそうに立ち上がった。

「じゃあ行こうか」

「え？　もう？」

正直もう少しここでゴロゴロしていたい。私のそんな気持ちを見透かしたようにクラーク様は馬の手綱《たづな》を引いた。

「ここはいいところだけどそう長居できないんだ」

「なぜ？」

「ミルーが出る」

「ミルー……？」

ミルー、とは？

さっぱりわからない私を抱き上げてクラーク様は馬に乗った。

「ミルーはこの辺りに生息している大きな肉食獣だよ」

にくしょくじゅう。

というと肉食獣？

……肉食獣!?

「食べられたくはないだろう？」

一気に顔を青ざめさせた私は何度も何度も頷いた。

クラーク様は花を摘《つ》んで私に手渡した。

「レティみたいな匂いがするね」

私はこんな甘い匂いしない。私が顔を真っ赤にしながら、抗議の視線を向けると、クラーク様は楽しそうに笑った。

行きと同じように、クラーク様と二人で馬に乗って帰る。温かい体温を感じながら、行きにはなかった花冠と花束の感触に嬉しくなった。

「なに？　甘っ！　すごい甘い！　え？　甘い雰囲気になるとそんな匂いまでするの？」

ピクニックの雰囲気を盛大に壊していくブリっ子はさすがとしか言いようがなかった。

ちなみに花はマリアがドライフラワーにしてくれた。

◆◆◆

夕食に見知らぬ人がいる。

遠出したのでさっぱりしたくて入浴をしたために、席に着くのが一番最後になってしまったようだ。

見知らぬ人は私が席に着くと、こちらを向いてにこりと笑った。

「はじめまして。俺はルイの兄で王太子のネイサンだ。父はちょっとみんなの相手をできないと言うから俺が来た。よろしく」

「はじめまして。クラーク様の妻の、レティシアと申します。よろしくお願いいたします」

陛下はまだ腰の調子が悪いようだ。ぎっくり腰だから治るまではまだかかるだろう。

賓客を放置するわけにもいかず、王太子自ら接待することになったらしい。

「そんなにお気遣いいただかなくても……我々は仕事で来ているわけでもないので、お気になさらず。ルイ殿もいらっしゃることだし、王太子殿下に来ていただくほどでは……」

クラーク様が、申し訳なさそうに言うと、王太子は豪快に笑った。

「いやいや、確かにそうだが、ルイがお世話になっているからね。単純に俺が会ってみたかっただけだから、そちらこそ気にしないでくれ。明日から夕食には同席しないから、みんなでのんびり食べたらいい」

どうやら話のわかる人のようである。

「俺がいると緊張して食事を取れない人間もいるようだし」

ネイサン王太子はちらり、とブリっ子を見たが、ブリっ子はそれどころではないらしい。

ナイフとフォークを交互に見て顔を青ざめさせている。

私はネイサン王太子にバレないように、テーブルの下で、ブリっ子の足をつついた。

「ひゃあ！　だ、大丈夫よ、だだだ、大丈夫。粗相《そそう》はしない、粗相はしない……」

とても大丈夫には見えない。

顔をさらに青ざめさせ、カタカタ震えるブリっ子を見て、ルイ王子は助け船を出した。

「おい、ブリっ子とやら。大丈夫だぞ。兄上は小さなことは気にしない人だ。食器を落としたり割ったりするぐらい問題ない」

「わ、割ったりしないわよ！」

落とすという部分は否定しなかったが、その言葉に多少勇気づけられた様子で、ブリっ子の震えが止まった。

「そうそう、気にしないから大丈夫。あんまり震えると、むね……ん！　大変だろう」

……今明らかに言ってはいけないことを言おうとしていた。

それを証明するように、彼はブリっ子の豊満な胸から目を逸《そ》らさない。

「……ありがとう、ございます」

ブリっ子は胡乱《うろん》げな目をしながらも、礼を述べた。その間もネイサン王太子は目線を外さない。

「兄上はな、胸に目がないんだ」

見ればわかる。ブリっ子の胸一点しか見つめていないもの。

ルイ王子はにやりと口角を上げた。

「だから、お前は安心するといい」

「どういう意味だ！」

思わず大声を出してしまい、様子を窺うようにネイサン王太子を見るが、彼は決してこちらを見なかった。

「ああ、安心してほしい。今俺の興味の対象はひとつしかない」

その言葉は本心なのだろう。彼が見つめる先は、先ほどからブレていない。

なぜだろう。言葉の通り安心していいはずなのに、腑《ふ》に落ちない。胸がなくて悪かったな。いや、人並みにはあるのだ。ブリっ子が豊かすぎるだけで。

「それにしても、いいおっぱい……素晴らしい……」

「人目を憚《はばか》らずここまで堂々と見られるのは、初めてだわ……」

ブリっ子は少しでも目線から外れようとしたのか、胸を腕で隠そうとしたが、そのせいでさらに盛り上がった。

「おお！　もう一声！」

「セクハラがひどい！　もっと言ってくれていい！　変態！」

「ご褒美だ！　もっと言ってくれていい！」

「ちょっと、あんたのお兄さんいつもこうなの!?」

「いや、昔は違ったんだが……」

ルイ王子はあきらめろと言い、自分だけ先に食事を始めた。私も気にしたら負けだと思いながら、食事に手をつける。

「レ、レティ……」

クラーク様が、顔を赤らめてこちらを見ている。

「お、俺はちょうどいいと、思う……」

照れながら言われたが何も嬉しくないので、私は食事に集中した。

傷口に塩を塗るようなことを言わないでいただきたい。

その日の夜、ブリっ子の部屋から叫び声が聞こえた。

◆◆◆

「あんた聞こえたでしょ！」

朝食時、開口一番挨拶もなしに言われた言葉に、私は目を瞬《しばた》いた。

「なんの話？」

「昨日の私の叫び声よ！」

合点《がてん》がいき、私は手を叩いた。

「ああ、ごめんごめん！　夢だと思って！」

「嘘つけ！　どうでもいいと思ったんでしょう！」

「どうでもいいと思ってたんじゃないの！　ただ自分の睡眠欲求に従っただけ！」

「聞こえてたんじゃない！」

あ、しまった。

ポロリと漏らしてしまった本音のおかげで嘘をついていたのがブリっ子にバレてしまっ

た。怒りの表情を隠さずこちらににじり寄ってくる。

「フォーク、フォーク置こう。お行儀悪いわよ」

「今はそんなことはどうでもいい」

ブリっ子は相当お怒りらしい。

私はこちらに向けられているフォークにあとずさりしながら、引き攣《つ》った笑みを浮かべた。

「えーと、で、どうなった?」

火に油を注いだらしい。

「どうなったもこうなったも!」

ブリっ子はフォークをテーブルに叩きつけた。

「リリーさんが助けに来てくれなかったら大惨事だったわよ!」

無事だったようだ。私は後ろに控えているリリーを見つめた。

「リリー……私のときは泣きだそうが何しようが助けてくれなかったくせに……」

「相手と状況によっては助けます」

ひどい。私は昔本気で助けを求めていたのに。

リリーは私の不満げな視線に気づいているはずだが、顔色一つ変えず、つんと澄ました表情のままだ。

「さすがに夜這いをかけられているのを無視できません」

「本当……リリーさんに惚れそうになったわよ……」

ブリっ子が潤んだ目でリリーを見つめた。目が合うと、ほう……とため息をついた。

……ねえ、惚れそうになっただけで惚れてないわよね？　偏見ないから別にいいんだけど、リリーは私の大事な侍女だからダメよ。あげないわよ！

私がそう思ってしまうほど、ブリっ子はリリーに見惚れている。私は空気を壊すために咳をした。

「でも、襲われたほうがブリっ子にとっては責任取ってもらいやすくていいんじゃないの？」

何せ相手は王太子様だ。玉の輿どころか大玉の輿だ。

私の疑問に、ブリっ子はため息をついた。

「私ね、できる限り自国の金持ちがいいのよ。ここはちょっと遠いし……あと、あの人だとお手付きになっても結婚してくれるか怪しい気がするし……」

損のほうが多い気がする、と言うと、ブリっ子は水を飲んだ。

「ねえ、今日一緒に寝てよ」

「え、やだ」

「友達の貞操の危機なのに！」

ブリっ子は今度はナイフを摑みこちらに振り上げた。リリーは止めてくれず、マリアはにこにこしているだけだ。ちなみにクラーク様と兄は、昨日仕事ではないと言っていたけれど、実際まったくしないというわけにはいかないらしく、何かしらの用事があるようで、今日の朝食は一緒にとっていない。

私は自分の力でブリっ子の手を押さえ込むしかなかった。しかし、ブリっ子と私には圧倒的な力の差があった。なんなの、胸が大きくなると腕力も強くなるの？

「わかったわかった！　わかりました！」

仕方なく言うと、ブリっ子は腕を下げた。

「絶対だからね」

「わかったって」

念を押してくるブリっ子に再度言うと、ようやく納得した様子で食事を始めた。今日は兄も他のお偉いさんもいないので、緊張した様子は見られない。

それにしても。

「ルイ王子。あなたのお兄さん、大丈夫なの？」

「仕事はちゃんとしてるから大丈夫だ。女性に対しては……自分の欲望に忠実なんだ」

最悪だ。

「女性問題とか大変そう……」

「いや、理想のおっぱいを追い求めているから、そういう問題には至ってない、逆に結婚はまだかとせっつかれてはいるが」

ルイ王子がおっぱいって言った。いや、そんなことより。

「理想のおっぱい？」

「ああ。相当ブリアナ嬢のおっぱいがお気に召したらしい。最高だと叫んでいた」

ブリっ子は死んだ目をしている。

「これが本当の体目当てってやつよ……」

「そ、そのようね……」

むしろおっぱい目当てね……。

胸が大きいことに対して、初めてブリっ子に同情した。

「ネイサン兄上は今ようやく理想のおっぱいに出会えたとはしゃいでいる。たぶんしつこいぞ」

不安を煽《あお》るのはやめろ。

沈んだ空気をなんとかしようと、私は話題を変えることにした。

「ルイ王子は第三王子よね？　二番目のお兄さんは？」

「ああ、デイル兄上は……」

ルイ王子は食べる手を止め、遠い目をした。

「王位継承権を放棄し、臣下に下るのも拒否して、平民の地位で冒険家になり、相方をしていた女冒険家と結婚して、そろそろ四人目が生まれるところだ」

じ、自由人……。

兄弟みんな個性が強すぎると思いながら、私は食事を続けた。

◆◆◆

「ブリっ子ぉ……まだ終わらないの……？」

へとへとになりながらブリっ子の後ろをついて歩く私は、もうそろそろ終わりにしてくれないかという希望を込めて言うが、ただ一瞥されただけで、その歩みは止まらなかった。

「何言ってるのよ！　まだまだ回り足りないわ！」

興奮した様子を隠そうともせず、あれもこれもと見ている。はしゃぐ姿は年相応で可愛らしいが、「これは見たことないから物珍しさで売れそう」だとか、「異国風の物は金持ちが買ってくれる」だの呟《つぶや》きながら物色するところは可愛らしくない。

「すごいわ！　金のなる国よここは！」

キラキラした目をしているが、言っている内容がひどい。

「もう終わりにしようよ……」

「ただ見て回っているだけなのに、どうしてそんなに疲れているのよ」

不思議そうに小首を傾げ、ブリっ子は心底わからないという顔をしている。

ブリっ子の言う通り、私たちはただ見て回っているだけである。購入に関しての交渉はブリっ子が一人でやっているし、買ったものは、後日届けてもらう手はずになっているため、荷物持ちもしていない。

だが、それでも何軒も店をはしごさせられると疲れるのだ。

「もしかしてお金の心配してる？　大丈夫よ、実際にクラーク殿下払いにしているのは、最初に買った私のドレスや靴ぐらいだから。さすがにね、国の金であれこれ買えないからね。その他は商売のためのもので、自腹で買っているから心配しなくていいわよ」

ブリっ子、ただの金の亡者じゃなかったんだ……。

自分だってわきまえているのだと胸を張るが、そうではない。そうではないのだ。少し感動したが、そうではない。

「疲れたから帰りたいのよ……」

「何よ、体力ないわね」

逆にブリっ子はなぜ疲れないのだろう。商売に関することだと疲れないのだろうか。

「まあ、大体回れたしいいか。帰りましょう」

ブリっ子からようやく出た帰るという言葉に、私は嬉しさで涙が出るかと思った。帰らないのやり取りを二十回は繰り返しているのだ。ようやく買い物地獄から解き放たれると思うと小躍りしたくなる。

「じゃあ帰りましょう、すぐ帰りましょう、今すぐ！」

「さっきまでぐったりしてたのに、急に元気になるなんて、なんてわかりやすいの……」

ブリっ子があきれ顔だが、どうでもいい。私はリリーに馬車を手配してもらう。この店の前は狭すぎて馬車が入れないから、馬車は離れたところに置き、マリアと待機してもらっていたのだ。

「高価なドレスをタダで買えたし、それだけで新婚旅行についてきてあげてよかったわ」

「何よ、ついてきてあげたって」

「その通りでしょう。というか正確には、無理やり連れてこられたんだけど」

「うっ……」

その通りだから反論の余地もない。

「……あら？」

店の前でリリーの帰りを待っていると、ブリっ子が声を上げた。

「あれ、クラーク殿下じゃない？」

「仕事中のクラーク様がここにいるわけ……」

言いかけて止める。

「クラーク様だわ……」

見間違うはずもなく、クラーク様だったからだ。

飲食店らしき店から出てきたクラーク様は、さっと馬車に乗り込んだ。隣に女性を侍《はべ》らせて。

「何あれ……」

「あらやだ面倒そう。私帰るわー」

ちょうどこちらに来たリリーを見つけたブリっ子がそちらに向かおうと足を踏み出した

ところで、腕を掴まえた。

「ブリっ子、付き合ってくれるわよね」

「ややこしくなりそうだからいや」

「他人の面白い修羅場《しゅらば》が見られそうよ、ぜひ一緒に来て」

「他人じゃないからいや」

「リリー！　あの馬車追いかけるわよ！」

嫌がるブリっ子を無理やり馬車に乗せ、指示を出すと、クラーク様の乗った馬車を追いかけ始める。

「はー……巻き込まないでよね……」

「友人でしょ！」

「あー……いやだわー……」

ブリっ子が文句を言っているが、知ったことではない。

クラーク様、待ってなさいよ！

私は一人メラメラと闘志を燃やすのだった。

◆◆◆

「食事をしてから雑貨を見て回り、服屋に寄る。典型的なデートコースね」

あれだけ面倒だと言っていたブリっ子は今や探偵を気取っている。

クラーク様のあとを追う間、淡々と彼らの行動を推測して楽しそうにしている。次の行動はまだかまだかと途中から前に出て行ってしまうのではないかというほど積極的だった。嫌がってたのはなんだったんだ。

「でもデートにしては距離があるのよね。肩を抱くでもない、手を繋ぐでもない、会話をしているけど甘い雰囲気は感じられない」

再び馬車に乗ったクラーク様を追うために、自分たちもバレないように馬車で追いかける間もブリっ子は分析をやめない。

「だってデートで笑顔にならないってある？　無表情だったわよ。見てた？」

「うん、見てたけど……」

言われてみると、クラーク様は女性といろいろな場所に立ち寄っていたが、やたら距離が遠く、楽しんでいる様子も見られなかった。

「確かにブリっ子の言う通り、なんか変なのよね……」

見ていて私も違和感を感じた。デートというには物足りない感じの。

「異性で恋人関係でないということは……」

ブリっ子が閃《ひらめ》いたという顔でこちらを見た。

「生き別れた姉か妹なのでは!?」

……はあ？

「突拍子なさすぎる。そんな話聞いたことないし」

王族に隠し子がいたら大問題すぎる。

「ちっ、ちっ、ちっ、事実は小説より奇なり、ってことよ！」

キラキラした瞳を向けてくるブリっ子の傍《かたわ》らには、旅行の帰りに読むと言って買った推理小説が置いてある。なるほど、ブリっ子、さては推理オタクなんだな。

「あのお、着きましたけどー」

私たち二人の会話になるべく入らないようにしていたマリアが、申し訳なさそうに声をかけてきた。

慌てて馬車を降りると、そこは見覚えのある場所だった。

ブリっ子が、またも嬉しそうにしている。

「いきなり妻の泊まっているところに、愛人を持ち帰るだなんて……やるわね！」

さっきは姉か妹と言っていたくせに……。

ブリっ子はあっさり生き別れた姉か妹説から推理を変更して、はじめの愛人説に戻ったようだ。確かにその説が有力かもしれない。自分の泊まる場所に、愛人を連れ込む。よくある話だ。そこに妻がいなければな。

そう、私たちの馬車が着いた場所は、新婚旅行中泊まっている、デルバラン王宮だった。

「いろんな人間の目もあるのに、そんなのありえる？　リスク高すぎない？」

「でも実際ここに連れてきているじゃない」

そうなんだけど……。

王宮の警備をしている人間が一人でも私に漏らせばすぐにバレるというのにわざわざそんな場所を選ぶだろうか。私なら別に宿を取る。

「こうしちゃいられないわ！　行くわよ！」

ブリっ子は私の手を握って走り出した。足がもつれないように注意して私も足並みをそろえる。

「い、行くってどこに？」

「決まっているじゃない！　現場を押さえるのよ！」

ブリっ子は嬉しそうに、クラーク様の部屋まで一直線に走っている。

「え⁉　い、今⁉　いきなり⁉」

「今浮気相手がそこにいるんだから、行くしかないでしょ！」

「ま、待って！　心構えがまだ……！」

私は走るのをやめて踏ん張ろうとするが、ブリっ子のほうが力が上だった。ズリズリと遠慮なく引きずっていく。

「こういうのは、はじめにしっかりして正妻の立場から物申したほうが、今後のためにもいいのよ！」

「で、でも……」

「四の五の言わずにさっさと行って面白い展開に……じゃなかった、しっかり言ってやんなさいよ！」

「今面白い展開って言った！」

「ええーい！　女は度胸！」

抵抗むなしくクラーク様の部屋の前まで連れてこられ、人の気配のする中に、無理やり押し込まれた。

すぐに部屋を出ようとするも、無情にも固く扉が閉ざされて開かない。お、おのれブリっ子、覚えておけ！

「レティ？」

扉に縋《すが》りつく私の背後で、声がした。間違いようもなく、クラーク様である。

私はすっと立ち上がり、にこりと微笑んだ。

ブリっ子が言っていたではないか。女は度胸。

「こんにちは、クラーク様。そちらの方はどなた？」

クラーク様は、私の笑顔に動じる様子もなく、隣にいる女性を紹介してきた。

「ああ、紹介する。この人はデルバラン王国の公爵だ」

女性が一歩前に出てきて手を差し出してきた。私はその手を握る。浮気相手と堂々と対面させるとは、と苦々しい気持ちを隠して笑顔を保つ。

しっかりとこちらを見つめる女性は、女性にしては長身だが、その美しい顔に笑みを浮かべている。そして、その容姿は誰かに似ている。あれ、もしかして、と思ったとき、女性が口を開いた。

「はじめまして、ニールと申します」

私はその声を聞いて自分の勘違いに気づいた。

「王弟です」

驚きの声を上げずに、にこりと微笑むことのできた自分を心の底から褒めてあげたかった。

◆◆◆

「驚かせて申し訳ございません」

「いえ」

上品さを感じさせる仕草と語り口で述べられる謝罪に、とりあえず無難な相槌《あいづち》を打つ。

誰かに似ていると思ったが、今ならわかる。ルイ王子だ。

ルイ王子にそっくりな顔を、朗《ほが》らかに微笑ませながら、ニール公爵は言う。

「国王陛下に似ていなくて驚かれたでしょう」

穏やかに聞かれるが、そうじゃない。そこじゃない。驚いた部分がまったく違う。だが、それをはっきり伝えることもできず、曖昧《あいまい》に微笑んだ。

「あの……えーっと、ニール……公爵？」

呼んでから気づいた。

「ニールというのは、お名前ですよね？　姓をお伺いしても？」

初対面の友好国のお偉いさんを、いきなり名前で呼べるほど、私はもの知らずではない。

ニール公爵は、ああ、と声をこぼした。

「僕、もともと王弟なので、姓はあとで作ったものなのです。だから、慣れなくて。できればそのまま、ニールとお呼びください」

「はあ……」

まあ、本人がいいのなら、いいのだろう。

ちなみに私がルイ王子を初対面から姓ではなく名前呼びしたのは、敬意を払っていないからである。誰だって、誘拐犯に対して丁寧に接してやろうなどとは思わないだろう。王子をつけているだけ褒めてほしいぐらいだ。

ニール公爵は本人の言う通り、国王陛下より、ルイ王子にそっくりだ。おそらく、ルイ王子が成長したら、このような美しい青年になるのだろう。ただ、纏《まと》う雰囲気がまったく違う。気の強さが表情にも出ているルイ王子に対し、ニール公爵は、柔らかい物腰で、見ているとどことなく、ほっとする雰囲気がある。例えるなら、教会にある天使像のような、どこか神聖さを窺わせる。きっとルイ王子には一生出せないものだ。

「あの……ニール公爵は、どうしてクラーク様のお部屋に……？」

とりあえず、気になることは聞いておくべきだろう。私の質問には、クラーク様が答えてくれた。

「ニール公爵とはたまに公務のときに顔を合わせるんだ。そこから少し話をするようになって仲良くなってね。せっかくだから部屋でお茶でもしようかと思って部屋に招いたんだよ」

「その前に町を一緒に散策していました」

二人とも、仲は良いのだろう。にこにこと答えられ、私はそのあとをつけ回して嫉妬心《しっとしん》丸出しにしたことを恥じた。

私は出された紅茶を飲み、一息吐く。

ちらり、とニール公爵を見ながら、いつ聞こうか、今聞こうかと内心ソワソワしていた。気になって仕方ない。私は、意を決してのほほんと茶を飲み交わしている二人を見た。

「あの……」

ごくり、口腔内の唾を飲み込んだ。

「ニール公爵は……なぜ女装を……？」

相手を不快にさせないよう、言葉の強弱に気をつけながら、心底不思議そうな表情を作る。というか、実際心底不思議だ。彼はとても美しいドレスと、女性用の装飾品を身に着け、女性用の化粧をしている。靴ももちろんヒールのあるものだ。

どこからどう見ても完全な美女だ。

女性としか思えない繊細な仕草で、ニール公爵はカップを置いた。

「だって」

ニール公爵はこちらを向いて、より一層笑みを深めた。見る人が見れば見惚れてしまいそうな麗しさだった。

「僕は美しいでしょう？」

……うん？

うっかり私も見惚れてしまっていたが、何やら話している内容がおかしいと現実に戻った。

「そして、美しいドレスを身に纏った僕は、より一層美しい」

自分に心酔している様子のニール公爵から、さりげなく距離を取った。

前言撤回。彼は天使ではない。ただのナルシストだ。

クラーク様を見ると、楽しそうに彼を見ていた。

「ね、ニール公爵は見ていると面白いだろう？」

距離を取って見る分には、確かに面白いだろう。だが近い距離では御免被《ごめんこうむ》りたい。

「僕は美しい自分を大事にしているだけです。あ、ちなみに男性に好意を持ってこのような格好をしているのではないので安心してくださいね」

それは安心していいのだろうか。何に安心したらいいのだろうか。

もはや何がなんだかわからなかったが、私はただただ頷いた。ニール公爵も満足そうに頷いている。

「ああ、そうだ。今日私がクラーク殿下に会っていたのは、ただ遊んでいただけではなくて」

ニール公爵が思い出したように手を打った。

「レティシア様、温泉はお好きですか？」

「温泉ですか？　ええ、好きですが……」

突然切り出された会話に戸惑いながらも、返事を返す。

「実は僕の持つ領地に温泉が湧いていましてね。そのお誘いに来たのです。新婚旅行にピッタリでしょう？」

確かに。新婚旅行に温泉は定番だ。私はクラーク様を見る。

「楽しみだな」

クラーク様も乗り気なようだ。

「私も楽しみです」

明日から行こうということになり、私は早めに就寝した。

その夜、ブリっ子の部屋から悲鳴が聞こえた。

あ！　忘れてた！

◆◆◆

「ひどい、約束破るなんて……」

「ごめんって……」

　衝撃的すぎる出来事のせいで、ブリっ子と一緒に寝るという約束を忘れた私に対して、恨みつらみを延々とぶつけてくるブリっ子。

　でも忘れても仕方ないと思うの。夫の浮気相手だと思った相手が女装美男子で、男色家でもなく、ただ自分を美しく見せるために女装しているっていう人物だった経験なんてそうそうあるもんじゃない。だからその前にあった約束が頭から抜け落ちることもあると思う。

「でもひどいと言ったら、昨日クラーク様の部屋の前に置いていったと思ったらそのまま部屋に戻ったでしょう？」

「そりゃ戻るでしょう。少し待ったけど出てこないし、廊下でいつまでも待ちぼうけしてろって？」

　た、確かに……。これは責められない……。

「そのあと話聞きにあなたの部屋には行ったじゃない」

「どうなったか気になったんでしょう？」

「あ、バレた？」

　ブリっ子がお茶目に舌を出す。

「まあ私も嬉々《きき》として結末を聞きに行ってその衝撃で一緒に寝る約束忘れてたけど」

「ブリっ子も忘れてたんじゃない」

「でもひどい！」

ひどいひどいと言いながらブリっ子はマリアの用意してくれたお菓子を摘《つま》んでいる。ちなみに私からの小さな慰謝料の一つだ。

「で、そっちは結局どうなったの？」

せっせとお菓子を口に詰め込んでいるブリっ子に訊ねると、ブリっ子は不快そうに眉間に皺を寄せた。

「この通り、無事よ！」

ふんっ、と鼻を鳴らし、マリアが馬車の中でもこぼさず飲めるようにと用意してくれた水筒に入ったお茶で喉を潤していた。

「リリーさんに助けてもらって、そのまま一緒に寝たわ！」

えっ……何それ……。

「リリー……私とは一緒に寝てくれたことないのに……」

「相手と状況によります」

ひどい。幼いころから一緒にいる私より、私のお友達を優先するってどういうことなの。私だって小さいころはリリーと一緒にお昼寝したいと思っていたのに！

「無事ならいいじゃない」

「全然よくない。全然よくない」

二回も繰り返さなくていい。

ブリっ子はまた一つお菓子を口に含んだ。

「だから、謝罪として、温泉に連れてきてあげたじゃない」

「いや、結局全員連れてきてるから謝罪にならないでしょ」

ブリっ子の言う通り、悩んだ結果、全員連れてきた。

「あとやっぱり一言言いたい」

ブリっ子がお菓子から手を離した。

「なんで今回の馬車も、夫婦で乗らないのよ！」

ブリっ子の叫びに耳を塞ぐ。声が響くので、馬車の中で大きな声を出さないでほしい。

「だって、ブリっ子に昨日の話聞きたかったし。ルイ王子にニール公爵の話聞きたかったし。世話役として侍女は一人いたほうがいいし」

「僕はマリアと一緒がよかった」

「うん、だからリリーにした」

「お前、性格悪いな」

「あんたよりマシよ」

ルイ王子と睨み合うとブリっ子がため息をついた。

昨日結局ブリっ子がどうしたのか知りたかったし、ニール公爵の話を本人のいる前でするわけにもいかないから、ルイ王子はこちらに乗ってもらった。知り合いがいない馬車に乗せるのは忍びないので、ニール公爵とクラーク様を同じ馬車に。余ったからライルと兄もクラーク様と同じ馬車だ。今回、ルイ王子への嫌がらせで、リリーを同乗させたため、マリアは王宮でお留守番である。

完璧な馬車割りだ。

「で、ニール公爵の女装は、本当にただの趣味なの？」

馬車を一緒にした目的通りに、ルイ王子に訊ねる。

「ああ、完全に趣味だ。別に女性になりたいわけでもないと言っていた。ただ、男性服より女性服のほうが美しいという、それだけの理由らしい」

美しさを突き詰めたあまり性別の違いすら厭《いと》わなくなったらしい。

私はニール公爵にそっくりな少年をじっと見つめた。

「……ねえ女装しない？」

「しない！　ふざけるな！」

「いや本気なんだけど。ニール公爵そっくりだし、似合うと思うんだよね」

「だから叔父上を紹介しなかったのに！」

ルイ王子はこうなることを予想していたらしい。女装、似合うと思うんだけどな。

「ニール公爵、まだご結婚されていないのよね？」

「ああ」

ルイ王子が苦い顔をした。

「叔父上は自分以外愛せない人間なんだ……」

すごい突き詰めている。

ルイ王子は苦い表情のままだ。自分にそっくりな顔の人物が、自分は美しいと言っているのだ。ほぼ同じ顔をしていると複雑なのだろう。

でも、ルイ王子も大概自分大好きな自信家だと思うんだけど。

私はそれを口に出さず、黙々とお菓子を頬張るブリっ子を眺めて過ごすことにした。

でも、これだけは言いたい。

「リリー、私とも一緒に寝て」

「お断りします」

振られた……。

◆◆◆

「これが温泉……」

立ち込める湯気の中に建つ小さな小屋の前で私たちは立ち止まった。この位置からでも熱気がすごい。

「では、こちらに着替えてくださいね」

ニール公爵が全員に白い服を手渡した。

「これは……？」

「うちの温泉では入るときにこれを着用することになっています」

へえ、そうなんだ。

拒否することでもないので素直にそれを受け取って小屋の中に入った。小屋の中には扉が二つある。

「こちらが男性用の更衣室、そちらが女性用です」

指示された通りの扉の中に入り、服を脱ぐ。ニール公爵から渡された服は白いワンピースだった。

「がっつり服だけど、温泉ってこういうの着て入るのかしら……」

温泉好きだと答えたが、実は温泉は初体験である。妃教育でいっぱいいっぱいだったし、兄はどこかに連れていってくれるという優しさもなかった。温泉自体は、本で読んで知っているだけだ。

「いや、普通裸なんだけど……」

ブリっ子も不思議そうに小首を傾げる。

「あれ、リリーは入らないの？」

「当たり前です。私は仕事で付き添っているのでこちらでお待ちしております」

「そう……」

少し残念だ。リリーと裸の付き合いをしたかった。

私とブリっ子はワンピースを着込み、奥にある扉をくぐった。

「わー！」

瞬間目に飛び込んできたのは大きな乳白色の温泉だ。本で読んだことしかない光景に、私は興奮を隠せなかった。

「すごい大きいわねー！　私たちだけで入るのがもったいないくらい」

ブリっ子も初めて見る大きさらしく、はしゃいでいる。

小さな椅子と、石鹸があったので、そこに腰かけて体を洗う。服を着ているのでとても洗いにくかった。

お湯に入らないように髪をまとめ上げる。確か本には髪をなるべく入れないようにと書いてあったはず。

本の内容を思い出しながら、かけ湯をして、そろりそろりと足を入れる。つま先から温かさが伝わった。そのままゆっくりと全身を入れる。

「あー、生き返るぅー……」

すっかり肩まで浸かったブリっ子が気の抜けた声を出す。だが私もその気持ちがよくわかる。

温泉……すごい……。

ブリっ子に倣《なら》って肩までしっかりお湯に浸かり、深く息を吐く。ただの入浴とは違う。

お湯も白いし、少しぬめり気を感じる。

「いい気持ちぃー……」

「……レティ？」

すっかり温泉に酔いしれていると、聞こえないはずの声が聞こえた。私は脱力していた体に力を入れ振り返ると、そこには予想通り、クラーク様が温泉に入っていた。

「へ？　な、なんで⁉」

慌てて体を隠そうとするが、そもそも服を着ていたことに気づき、ほっとする。幸い入浴に適した生地なのだろう。肌が透けていることもなかった。そして気づいた。

混浴だから服着用必須だったのか！

私は恨みを込めて、クラーク様の隣にいる人物を見た。

「聞いてませんよ！」

「言ったら来ないでしょう？」

にこにこと微笑むニール公爵は、やはり私と同じ、女性用のワンピースを着ていた。ちなみに他の男性陣は、ズボンのようだ。

「当たり前でしょう⁉」

今まで猫被って怒鳴ったりしていなかったが、これは我慢ならない。顔を赤くして詰め寄る私にも、ニール公爵は動じない。

「ここ、新婚夫婦に人気なんですよ。裸で入るのは恥ずかしい、まだ初々《ういうい》しい新婚夫婦に最適らしくて。あ、今日貸し切りだから、他に誰も入らないから安心してくださいね」

安心できるか！

私の様子に気づいたブリっ子がこちらに来て、「うげっ」と声を上げた。

「ここ混浴だったの？　しまった……男性陣から拝見料取ればよかった……ただで見せてしまうなんて……」

何やら悔しそうにしているが、その思考回路はおかしい。

ブリっ子の呟きを拾った兄が、鼻で笑った。

「むしろ、見てくれてありがとうございます、と言うべきじゃないのか」

「なんですって？」

二人で睨み合いを始めてしまった。仲良しだな。そもそも服を着ているから見えていないはずだけれど。

私は服を着ているとはいえ、少々恥ずかしく思ってしまう。入浴を男性に見られるなんて……。

ちらりと男性陣を見る。

夫。兄。子供。女装男。

すっ、と気持ちが軽くなった。まともな男がクラーク様しかいない。

ほっとした気持ちになると、クラーク様が肩を掴んだ。何？

「レティ」

あ、この感じ久しぶり。

「ニール公爵と距離が近すぎる」

先ほどニール公爵に詰め寄ったため、私とニール公爵の距離は人ひとり分ほどだ。クラーク様はその間に入り、私の肩を抱いて移動し、ニール公爵から距離を取った。

「レティ、そんな格好で男に近寄るものじゃない」

ニール公爵に警戒は必要なのだろうか。……と疑問に思ったが、ここでそれを口に出すのは得策ではない。私は、はい、とだけ返事をした。

その返事に満足した様子のクラーク様は、私の肩から手を離し、隣に腰かけた。

近くない？　距離近くない？

否が応でも意識してしまい、さっきまでくつろいでいたのが嘘のように、私は緊張で体を固くした。

これが、裸の付き合い……！

私はここに連れてきたニール公爵を恨んだ。私たちには……私たちにはまだ早い！

「マリアがよかった……こんな乳だけの女……」

「ちょっと、どういう意味よ！」

今度はブリっ子とルイ王子が喧嘩を始めた。兄はのんびり本を読んでいる。……湿らないのだろうか。

「そのままの意味だろうが」

「むかつく子供ね！」

「僕の好みは清楚なマリアなんだ！　お前なんか願い下げだ！」

「私だってあんたみたいなお子様、願いさ、げ……？」

ブリっ子の語尾が勢いをなくした。どうしたのだろうかとそちらを見ると、温泉を囲う壁の向こうに、何かいた。

大きな、大きな、何かが。

「あ、え？　な、何？」

ブリっ子が混乱したように、その大きなものを見つめる。

全身毛に覆われ、大きな耳を持ち、口からは少し前歯が覗いている。立ち上がった前脚には肉球が見え、目は円《つぶ》らだ。

ウサギだ。

人の五倍はありそうな、とても巨大なウサギである。

「う、ウサギ……？」

ブリっ子もその存在を認識できたようで、驚きながらも、ほっと息をついた。私も胸を撫で下ろす。それにしてもこの国、巨大ウサギ生息しているのか。

ほっとしている私たちに対して、男性陣がそろりそろりとウサギから距離を取った。クラーク様に再び肩を掴まれる。

「レティシア、花畑での話を覚えているか？」

「花畑?」

なんだっけ? 何話したっけ?

「あれはミルーだ」

ミルー。ミルー? なんだっけ?

未だに思い出せない私の前に出ながら、クラーク様はそっと私を連れて距離を取る。

「肉食獣だ」

にくしょくじゅう。にくしょくじゅう。にくしょくじゅう。

肉食獣!?

「にくっ」

「しー!」

思わず叫びそうになった私の口をクラーク様が手で塞ぐ。

「大きな声を出したら攻撃してくる。静かに」

私はコクコク頷いた。

そろりそろりと下がると、ミルーと目が合った。ミルーがこちらに体を向ける。

あ、もうダメ。

そう思いクラーク様に抱き締められながら、覚悟を決めたが、何も衝撃が来ない。思わずその姿勢のまま、クラーク様と何が起こったのかと見つめ合ってしまった。

「おぉーい、無事かぁー?」

知らない男性の声がしてそちらを見ると、温泉の壁の上に立つ人間が見えた。

「悪いなあ。仕留めようと思ったらこんなところまで逃げちまって。怖がらせちまったな」

ミルーはもう見当たらないが、男性が仕留めようとした、と言っているので、もしかしたら、壁の向こうに倒れているのかもしれない。少なくとも目の前にいたミルーがいなくなったということは、おそらくこの男性が倒してくれたのだろう。

私とクラーク様はほっとため息をついて、お互い体を離した。

「ありがとうございます」

クラーク様がお礼を言うと、その男性はにかっと明るい笑顔を見せた。

「いや、こっちが悪いんだ。ミルー仕留める依頼だったが、すぐに始末できなかったからな。悪かった！」

男性は端整な顔立ちをしているが、綺麗というより、野性的な格好よさがある。筋肉も今まで見てきた男性の中で一番ついている。

見たことない人だけど、どこかで見たような……？

不思議に思っていると、ルイ王子が大きな声を出した。

「兄上！」

あにうえ。

その言葉で、思い出した。

「冒険家になった次男坊ー！」

◆◆◆

「あーっはっはっは！　まさかルイがいるとは思わなかったぜ！」

豪快に笑いながらお酒を飲む、デイル元第二王子。もう王子でもないのでさんづけで呼んでほしいと言われた。

「すみません、助けてもらった上に、お邪魔してしまって……」

「いやいや、俺がぜひにと勧めたんだから気にするな！　ゆっくりしていけ！」

今私たちはデイルさんの自宅にお邪魔している。庶民になったというが、冒険家でそれなりに稼いでいるデイルさんの家は、想像より大きかった。少なくとも私たち全員入っても狭いと感じない大きさだ。

「いいお宅ですね」

当然貴族の家のような豪華さはないが、木でできたシンプルな家は、温かみがあって気に入った。

「そうだろそうだろ！　頑張って造ったんだからな！」

「え！」

まさかの手作り！

「子供多いから、なるべく金を浮かしたくてな」

「元王族なのに倹約家なのよこの人ー」

楽しそうにケラケラ笑っているのはデイルさんの奥さんでローラさんだ。ローラさんは元冒険者で、そんなローラさんに惚れ込んだデイルさんが結婚してほしいと押しかけたそうだが、それも納得の美人さんだった。

ニール公爵が線の細い儚《はかな》い系美人だとしたら、ローラさんは生命力を感じられる明るい美人である。

「あ、そうだルイ！　四人目生まれたぞ、見ていけよ！」

「兄上、子供が生まれたらすぐに連絡してくださいと言っているじゃないですか！」

生まれたことを初めて聞いたらしいルイ王子がデイルさんに怒っている。確かにこの間、まだ生まれていないと言っていた。

「いつも兄上は突然なんだ。出産祝いも用意できていないというのに」

プリプリしながらルイ王子は赤子のもとに案内され、流れで私たちもついていく。

「じゃじゃーん！　生まれたてほやほや！　四男坊だ！」

デイルさんが嬉しそうに自慢する。本当に生まれて間もないのだろう。とても小さく、髪はまだほぼ生えていない。すやすやと眠る赤子を見て、みんなほっこりとした気持ちになった。

ルイ王子は赤子の小さな手に指を伸ばし、その手をきゅっと摑まれた。

「ああ、可愛い……叔父ですよー。ルイですよー」

さっきプリプリ怒っていたのに、ルイ王子は途端にデレっとした顔になった。結構叔父馬鹿なのね……。

「今度出産祝いを持ってきますね。ご出産おめでとうございます」

「おう、あんがとな、叔父さん！」

ニール公爵が叔父らしくお祝いを述べる。相変わらず女装だけど。

それにしても赤ん坊可愛い……。

「今何考えてるか当ててあげようか？」

赤ん坊をうっとり眺めていると、ブリっ子がにやにやしながらこちらに寄ってきた。

「私もクラーク様と赤ちゃん欲しーい！　とか思ってるんでしょ」

「いや、いい」

「いいって言ってるのに！」

「否定はしないのよね」

ブリっ子の言葉にギクリと固まる。ブリっ子はにやにやしたまま「ご馳走様ー」と言いながら離れていった。何のためにこっちに来たのよ！　絶対からかいたかっただけでしょう！

でも子供……子供ね……そうね……。

「いやまだ早い……」

「何が？」

どうしていつもタイミングよく出てくるの！

独り言を呟いたときに隣に来たクラーク様に小首を傾げられる。そんな顔されても言えるわけない。だがクラーク様は律義に私の言葉を待っている。

「あ、の……」

「うん？」

私は口をもにょもにょと動かした。

「……いつかですけど……」

「うん」

「いつかなんですけど」

「うん」

「…………クラーク様似になるといいですね」

限界だった。

私はクラーク様の反応を待たず、赤ん坊の部屋を出てブリっ子のあとを追った。顔は火が出そうに熱い。

「うわっ、真っ赤！　何、のぼせたんじゃないの？」

ブリっ子がそう心配してくれる程度に赤かったらしい。熱が引かない。

「あら、ちょうどよかったー！　はい、搾《しぼ》りたて牛乳飲んでー！」

ローラさんから、ドンッ、と大きなコップに入った牛乳を渡される。お風呂上がりで喉が渇いていたから嬉しい。

私はお礼を言い、それに口をつける。濃厚で、薫り高い。搾りたては初めて飲むけれど、こんなに普通の牛乳と違うのかと驚いた。

「美味しい！」

「ありがとー！」

ローラさんの笑顔は輝いていて元気をもらえる。おそらくデイルさんもローラさんのこういうところに惚れたのだろう。

「お風呂上がりに牛乳……最高よね……」

ブリっ子は牛乳を飲みながらうっとりしている。

「あの、他のお子さんは？」

家の中にいるように見えない子供たちを探してきょろきょろしていると、ぐびっと牛乳を飲んだローラさんが答えてくれる。

「イノシシ狩りにいってくれてる！」

イノシシを……子供が……狩りにいく……。

衝撃的すぎて訊《き》いておきながら相槌を打つことしかできなかった。ずいぶん、逞しいお子様たちなのだろう……。

「おおーい」

デイルさんが呼んだ。

「王子様、固まったまま動かなくなっちゃったんだけどー！」

途端ブリっ子がにやけた顔でこっちを見たので、私はただただ顔を赤らめ俯くしかなかった。

◆◆◆

「温泉になぜ俺も誘ってくれない！」

しっかりイノシシもご馳走になって王宮に戻ると、涙を流しながらとてもとても悔しそうにネイサン王太子が叫んだ。

いや、普通誘いませんよね。

「くそっ、行くと知っていたらこっそりついていったのに！　叔父上、俺にわからないように隠していましたね!?」

「当然です」

ネイサン王太子が憎々しそうに顔を歪めた。なぜ美形は顔を歪めても美しいのだろうか。

「女性もいるのですから、ネイサンを連れて行くわけありません」

「叔父上は一緒に行っていたではありませんか！」

「僕は自分を男性という括《くく》りに入れていませんので」

あ、自分でもそう思ってるんだ。

「ルイとナディル殿も行っているじゃないですか！」

「ルイは子供で、ナディル様はレティシア様の兄上です」

「でもブリアナ嬢からしたら立派な男性だ！」

ニール公爵は、ちらり、とブリっ子を見てから再びネイサン王太子に向き直った。

「それはブリアナ様も喜んでいるから大丈夫かと」

「待った待った待った待った」

ブリっ子が慌てて間に入る。

「それだと私痴女みたいじゃない！　喜んでないわよ！」

「おや、失礼しました」

ニール公爵は相変わらず害のなさそうな笑みを浮かべる。

「でもライルも連れて行っていた！」

「ライルは温泉内には入っていません」

ライルもリリーと同じく、脱衣所内で待機していた。矛先を向けられたライルが必死に首を横に振る。

「入ったら確実に罰せられるじゃないですか！　絶対入りませんよ！」

自分の身が第一なライルらしい。

ネイサン王太子はまだ納得できないらしく、肩を震わせている。

「ずるい、俺だってブリアナ嬢のおっぱい見たかった！」

心の底からの叫びを上げているようだが、内容がひどい。

「ちゃんと服着ていたから見えるわけないじゃないですか！」

「うっかりぽろりがあるはずなんだ！」

「そんなもんあるわけないでしょう⁉」

ブリっ子とネイサン王太子が言い争いをしているが、内容が低レベルすぎる。弟であるルイ王子もドン引きしている。

「あー」

こほん、とクラーク様が咳払いをすると、二人がこちらを向いた。

「挨拶をさせてもらっても大丈夫かな？」

そうだ、最後ぐらいちゃんとしなければ。

私はネイサン王太子に向けていた呆れ顔を引き締めた。

「お世話になりました。手厚い歓待、感謝いたします。我々はこれより国に帰ります。またお会いできる日を楽しみにしております」

そう、実はもう帰国しなければいけないのだ。

本当はもっと早く発つ予定だったのに、ネイサン王太子の話が長いおかげで、ずいぶん遅れてしまった。

「また来てくださいね」

ニール公爵が穏やかに見送ってくれる。手を振りながら、馬車に乗った。

「ブリアナ嬢だけ残ったりは……」

「しません！」

ブリっ子は縋りつくネイサン王太子を振り払って馬車に乗り込んだ。ネイサン王太子が大声で嘆き悲しんでいる。

ちなみに見送りに来ない国王陛下は未だにぎっくり腰だ。可哀想に。

ニコニコしているニール公爵と、悲しみに暮れているネイサン王太子に見送られながら、馬車は走りだす。

いろいろあったが、帰るとなると寂しい気持ちになる。

「レティシア」

馬車の中でクラーク様に手を握られる。

そう、帰りはクラーク様と同じ馬車なのだ。だって新婚旅行ですもの！

「また、旅行しような」

「はい」

にこりと笑って答えると、クラーク様も嬉しそうに微笑んでくれた。

「もしもし？　私いるんだけど……」

「馬鹿、空気を読め」

「空気ぐらい読めますけど⁉」

馬車に同乗しているブリっ子と兄が言い争いを始めたのを横目に、なんだかんだと楽しかったなあと思いながら、馬車の揺れに身を任せた。

でも次は肉食獣が出ないところがいい。

◇◇◇

「そうそう、そんなこともあった」

私はクラーク様の日記帳を閉じた。

新婚旅行……新婚旅行なのに結構ハードだったなと改めて思う。他の人は経験あるだろうか、肉食獣に食べられそうになる新婚旅行。

あのあと、ミルーは人を避けるから本来なら温泉にいなかったはずだけど、デイルさんに追いかけられて誤って温泉に来てしまったようだと説明されて、ニール公爵から謝罪を受けた。

まあたまたま偶然が重なっただけだったのだ。誰も食べられていないのでよしとした。

「温泉……」

マリアがじっとこちらを見てきてギクリとする。

「温泉……私も入りたかったです……」

恨みのこもった眼差《まなざ》しを向けられ、私は引き攣った笑みを返した。ルイ王子への嫌がらせで連れて行かなかったこと、根に持ってる。

「でも一緒に行ったリリーも入らなかったし……ついてきても入れないいんじゃ余計悲しくない？」

「リリーさんは職務を全《まっと》うするタイプですけど、私はそうじゃないんですよ。だから私は誘われたら遠慮なく入ります」

マリア……それは胸を張って言うことではない。

「ルイ王子も一緒だったし、もしマリアがいたら大変なことになっていたかもだし……」

「ルイ王子に目つぶしします」

「それはやめたほうがいいと思う！」

王族に目つぶしするとか……いや王族関係なく人間にそんな簡単に目つぶししちゃダメよマリア！　人としてダメよマリア！

でもそれは置いておいて、マリアを連れて行かなかったことは正直に悪いと思っている。理由がルイ王子への嫌がらせだし。

「今度は女だけで行きましょうか」

「本当ですか⁉　約束ですよ！」

コロッと機嫌が直ったマリアは鼻歌を歌いながらティーカップを片付ける。

こういうところが可愛いし、おそらくこういうマリアだからルイ王子は好きなのだろう。

全然報われていないけど。

クラーク様の日記帳を撫でる。

クラーク様が書いているので新婚旅行について彼の視点で語られていたけれど、それを読みながら自分の記憶を思い出してしまった。

結局クラーク様の日記の中身はあまり頭に入ってこなかったけど、やたら私の名前が出てきた気がする。あんまりしっかり読まないほうがいい気がしてきた。

私はそっと日記帳を本棚に戻した。

「あ、まだ私読んでなかったのに！」

「マリア、他のはいいけど、クラーク様の日記だけには手を出しちゃダメよ」

中身を見られたくない。

「そんな恐ろしいことするわけないじゃないですか！　私、好奇心で解雇なんて御免ですよ！　あぁ、だからこそ王太子妃様が読んでいるときだけが中身を見るチャンスだったのに……」

「好奇心もっと押し殺したほうがいいわよ、マリア」

「うぅ……努力します……ってわあ！」

マリアがしょんぼりした様子で、ティーカップや茶菓子が載ったカートを押して部屋から出ようとすると、ちょうどリリーが部屋に入ってきた。

「失礼します、レティシア様」

「あれ、リリー、どうしたの？」

「今度のパーティーいろいろと変更されるそうで」

リリーは私がテーブルに置いたままにしている紙をちらりと見る。そういえば、先ほどクラーク様がそんなことを言っていた。

「さっき聞いたわ」

「そのため、ドレスなども選び直す必要があるようです」

リリーの目が鋭く光る。

「さあ、これから忙しいですよ！　レティシア様、衣装室のドレス、山のように試着していただきますからね！」

「え!?　前決まったのでいいじゃない！」

「そうはいきません！　きちんと変更に合わせた装いにしなければ！」

リリーが隣接している衣装室の扉を開け放った。

「さあ、完璧な王太子妃にしてさしあげます！」

「ひい！」

リリーの本気に、私は震え上がった。

◇◇◇

「ご結婚おめでとうございます」

「ありがとうございます」

この間クラーク様が変更を伝えに来たパーティーの日がやってきた。

国内貴族だけのパーティーの予定だったが、国外の王族も来ることになったらしい。

他国の王族に負けないようにと気合を入れたリリーのおかげで装いは完璧で、誰の目にも完璧な王太子妃に見えていることだろう。

私とクラーク様はまだ新婚。挨拶代わりに結婚を祝う言葉をくれる賓客があとを絶たなかった。

少しこそばゆい気持ちになりながら、お礼を述べていると、一人の少女が目の前にやってきた。

この国では珍しい、青い色をした長髪にはウェーブがかかっており、彼女が動くたびにふわりふわりと揺れた。パーティー会場の明かりを反射する金色の瞳には、彼女の意思の強さが見え隠れする。整った鼻梁《びりょう》、薄紅色の唇、白磁のような肌……どの部分をとっても美しい少女だった。

「お久しぶりです、クラーク様」

少女は私ではなく、クラーク様をまっすぐ見つめた。

「ああ、久しぶりだな、アビゲイル王女」

クラーク様が笑顔で対応する。私は彼女に見覚えはないが、クラーク様は彼女を知っているようだった。

「いやですわ。アビーと呼んでくださいと言っておりますのに」

少女がちらりとこちらを見て言う。

「いや、年頃の女性にそんな気軽に接するわけにはいかない」

「そんな気にしなくても。わたくしたちの仲ですのに」

何？　どういう仲ですって？

少女はやはりこちらを見ながら言う。ここまであからさまだとさすがにわかる。これはわざとだ。わざと私の前でクラーク様と自分が親しいとアピールしているんだ。

いえ、今まで現れなかったのが不思議だけど、クラーク様は王太子という身分に加え、見目麗しく、さらに性格も温厚だ。同じ年頃の令嬢からしたら憧れる存在であることに間違いない。

そしておそらくこの少女は、そうしたクラーク様に憧れる一人なのだ。

だから、結婚相手である私をこうして挑発しているのだろう。

でもすでに私と結婚しているのに、なんでわざわざ挑発する必要があるんだろう。それをするには時すでに遅しな気がするのだが。

挑発されようがどうしようが、もうすでにクラーク様既婚者だよ、お嬢さん。

「俺は結婚している身だから、妻以外の女性と親密になるつもりはないよ」

案の定、クラーク様にピシャリと言い放たれ、少女は固まった。

「そ、そうですの……仲がよろしいんですのね」

「ああ。新婚だしね」

少女の顔が明らかに引き攣っている。

クラーク様からの追撃にもはや表情を保てていない。

自分から仕かけてきたくせに弱すぎる。クラーク様から見事なカウンターを食らった彼女を思わず応援してしまいそうになった。

やるならもう少し頑張って！　ブリっ子ならもっときちんと攻撃してくるよ！

というか、この状況でどういう返事を求めていたのだろう。新妻が隣にいるのに「君のほうがいいよ！」とか宣《のたま》うアホはなかなかいないと思うし、もしクラーク様がそんなアホだったらのしつけて「どうぞ」と差し上げてしまうかもしれない。

「羨ましいですわ。ではわたくしはこれで……」

少女は表情を取り繕えないまま、その場を去ろうとしたが、ピタリと立ち止まるとこちらを振り向いた。

「またお会いしましょう」

意味深にこちらに向けて言い放つと、そのまま去って行った。

「……誰です？　今の子」

結局私にきちんと挨拶もせずに去って行ってしまったので、素性がわからない。クラーク様は私にきちんと説明してくれる。

「あの子はクレーメン王国の王女だよ。クレーメン王国はわかる？」

「ええ。ここからだいぶ離れていますよね。珍しいですね、クレーメン王国の王族の方がここまで来るのは」

今までクレーメン王国の人間が来ることはあったけど、国からの使いの者で、王族が来ることはあまりなかったはずだ。気軽に来るには、このアスタール王国とクレーメン王国は距離がありすぎる。確か、大体片道一か月ほどかかるはずだ。

だからクレーメン王国の王族とはそうそう顔を合わせないはずだが、クラーク様は彼女と親しそうだった。

「ああ……」

クラーク様がとても言いにくそうに、口を開いた。

「俺、実はクレーメン王国に留学していた時期があるんだけど」

「え」

嘘、いつ？

私の記憶の中にそんな事実がなくて、でもクラーク様の表情でそれは真実なのだろうということがわかる。なぜならクラーク様が少し寂しそうにしているからだ。

これはあれだ。私がクラーク様に一切興味がなかったときの出来事なんだ……！

「大変申し訳……！」

「いや、まあ、あのときは俺のやり方もよくなかったから……」

クラーク様がフォローしてくれている。

信じられる？　婚約者が留学していたというのにそのことを知らず――いや、おそらく知らされたが「やったラッキー！」ぐらいに思って記憶の彼方に追いやった人間がいるんだって。え？　どこにって？

私だよ！

一日二日いないならまだしも、留学なら結構な期間いなかったのだろう。

なのにその時期のことをまったく覚えていない。

……いや、よく思い出したらクラーク様とのお茶会に呼ばれなくて、「やったー！」と思っていた時期がある。

嘘でしょう……私本当に「やったー！」って思ってた。

なんて女なんだ過去の私。

「たぶん……五年ほど前のこと、でしょうか？」

「覚えているのか!?」

クラーク様がちょっと嬉しそうな表情でこちらを見てくる。

そんな彼を見て「留学に行っていたことは覚えてないけどしばらく会わなくなってラッキーと思った時期があったことはぼんやりと覚えている」とは言えなかった。

「え、ええ。そのころにクラーク様が留学しましたよね？」

たぶん……自信がないけど……。

「ああ。ちょうど五年前、クレーメン王国に留学に行っていたんだ。半年ほどだったけどね」

よかった合ってた！

クラーク様を傷つけずに済んでほっと胸を撫で下ろした。

「アビゲイル王女はその間にずいぶん俺に懐いてくれたんだ。当時は確か十一歳だったから、今はもう十六歳か。子供の成長は早いね」

当時を思い出しているのか、クラーク様が懐かしそうな表情を浮かべる。それに私は少しムッとしてしまう。

彼女のことを子供のように思っているようだが、彼女は五年でしっかり成長し、立派なレディになっている。もう少し危機感を持ってほしい。

「彼女と私、一歳しか違いませんけど」

あの子はもう子供じゃないですよ、と遠回しに伝えてみる。

「レティは子供のときから可愛かったよ」

そういう話はしていない。

これは率直に言ったほうがいい。

「あの子、明らかにクラーク様に気がありましたね」

「え？　そうかな」

誰がどこからどう見てもそうとしか見えなかったと思う。

もしかしてこの人……自分のことには鈍い⁉

そういえば、かなり世間知らずではあるし、王族という立場上、関わる女性は大体決まっていたはず。

さらに幼いときから私という婚約者がいたから、年の近い令嬢と接する機会はさらに少なかっただろう。

「どうかしたのか？」

クラーク様が不思議そうな顔をする。

「いえ、なんでも」

本人が気づいていないのなら、わざわざ言う必要はないだろう。

彼女の国は遠い。ほとんど会う機会もないはずだ。

私はそう思って、このことは忘れることにした。

——はずだったのに。

◇◇◇

「アビゲイル・クレーメンですわ。しばらくお世話になります」

謙虚な姿勢などない、王族だという自信に満ち溢《あふ》れたアビゲイル王女が再び現れて、私とクラーク様は驚きを隠せなかった。

「クレーメン王国から留学に来たのよ。年の近いあなたたちが、ぜひ仲良くしてさしあげてね」

王妃様が王妃様モードで語尾を伸ばさずにお願いしてくる。

「は、はい」

私はアビゲイル王女に手を差し出した。

「王太子妃のレティシアです。会うのは二回目ですね。よろしくお願いいたします」

初対面のときの様子だと、睨みつけてくるかと思ったけれど、アビゲイル王女はにこりと笑って私の手を握った。

すごい力で。

「こちらこそ、よろしくお願いいたします」

にこにこにこにこ。

私の手が折れるのではないかというほどの力で手を握っているとは思えない、上品な笑みを浮かべるアビゲイル王女。

こ、この子……とんでもない子だわ！

私は王妃様の手前痛みに叫ぶわけにもいかず、にこりと笑って手を握り返した。

こちらの出せる最大限の力で。

「いっ……」

「どうかなさいました？」

私は叫ぶのを我慢したのに、まさかこの程度我慢できないとでも？

そう視線で伝えると、彼女は悔しそうに唇を結んで、引き攣った笑みを浮かべる。

「なんでもありませんわ。仲良くできそうで嬉しいです」

「私もです」

とても気が合いそうである。お互い嫌いだという部分が。

私とアビゲイル王女が笑顔の仮面を貼りつけて握手しているのを見た王妃様とクラーク様は「仲良くなってよかった」とにこにこしていた。

◇◇◇

「というわけなんだけど、どう思う!?」

「どうって……」

私はブリっ子を呼び出して先日の出来事を語った。

「どこからどう見てもクラーク様を狙っているのよ!? むしろそのために留学しに来たとしか思えないのよ!?」

私にバレているのに、一切取り繕わなかったアビゲイル王女。

あの握手での一幕は、彼女なりの宣戦布告だろう。

「旦那を狙う女がいきなり現れて、焦っているわけね」

「そ、そうじゃないわよ!? そうじゃないけど、自分の夫があからさまに狙われていたらいい気はしないでしょう!?」

私の感覚はおかしくないはずだ。夫にあからさまに気がある女が寄ってきたら誰だって気が気じゃないはずだ。

「ブリっ子にはこの気持ちがわからないんだわ……だって結婚相手が兄様だもん」

私はあの不愛想で権力大好きでそのために妹を王太子と結婚させようとした兄を思い浮かべた。

のちのち、クラーク様とのことは、一応私のことも考えてのことであったとわかったし、権力に固執したことも、ブリっ子との約束のためとわかったけれど、未だに納得はしていない。

兄様が父に甘やかされすぎた私を心配していたことや、ブリっ子とのこと秘密にしないできちんといろいろ説明してくれていたら私もここまで拗《こじ》らせなかったのに！

なんなの！　不器用なの!?

知ってる！　不器用よね！　私の兄だもの！

「ちょっと！　ナディルがモテないって言いたいの!?」

私の言いたいことはブリっ子に伝わったようだ。

夫をモテないと言われて、ブリっ子はこちらに噛みついてくる。

「あなたは妹だからわからないでしょうけどね、ナディルは一般的にいい男なのよ！　顔よし！　金あり！　権力あり！　ちょっと性格がねちっこくて手段を選ばなくてヘビみたいに執念深いだけよ！」

　めちゃくちゃ難がある男じゃないか。

「性格が一番重要だと思うんだけど」

「私はそのナディルの性格も気に入っているのよ！」

　突然に惚気《のろけ》られてしまった。

　なんだろう、他人の惚気は生温かい気持ちで聞けるのに、兄とブリっ子だとダメージがある。肉親の惚気ってこんなものなのだろうか。

　というか気に入っているのかブリっ子。ねちっこくて手段を選ばなくてヘビみたいに執念深い男、気に入っているのか。

「でも実際モテないでしょう？」

　独身のころならまだしも、結婚してしまったのにリスクを冒してまで手を出したくなるほどモテるとは思えない。だって兄だもの。

「モテるわよ！　この間だって……！」

　ブリっ子が何か言おうとしたが、口を噤《つぐ》んだ。

「まあこのことはいいのよ。あなたのほうよ、あなたのほう」

「え、すごく気になる」

「その子、クラーク殿下にアタックしてるの？」

スルーされた。

「今はまだこっちに来たばかりで、そんなことする時間ないみたい。荷物の片付けとか、この国について学ぶ講師とかと面談とかいろいろしてるわよ」

「あぁ、留学だもんね、一応。色ボケだけしているわけにはいかないか」

本来の目的がどうであれ、留学という名分を掲げてきた以上、きちんとそれをこなさなければいけない。

だからアビゲイル王女もここでの暮らしの準備で忙しく過ごしており、今まで大人しくしていた。

けれど。

「まあそれも昨日で終わっちゃったみたいだけど」

「え?」

「今日からは講師から授業を受けつつ、基本フリーになるのよね、あの子」

「それって……」

ごくりとブリっ子が唾を飲み込んだ。

「修羅場ね!? 修羅場が始まるのね!?」

「え?」

ブリっ子が瞳を輝かせている。

「これから愛人候補が夫に猛アタックしてうっかりほだされた夫が『一度だけでいいか

ら』の言葉に騙《だま》されちゃうんだわ！」

「ブリっ子？」

「そこから愛人が幅《はば》を利《き》かせて本妻を追い出そうとするけど本妻も負けじとやり返して泥沼のずぶずぶに！」

「ブリっ子？」

「時には毒を盛られ、時には階段から落とされ、時には暗殺者を雇われてのハラハラサスペンス状態に！」

「ブリっ子、最近また偏ったサスペンス読んだでしょ？」

「あんたも読む？『愛人と本妻の本懐』ってやつ。ラストはまさかの」

「ちょっと！　気になり始めたんだからネタバレしないで！」

「今日持ってきてるからあとで貸すわね。ヤバいわよ泥沼よ」

ブリっ子の好きな本のセンスはちょっとあれだけどなかなか面白いのよね。うっかりサスペンスにハマってしまった。

ちなみにこの間は嫁姑の愛憎渦巻《うずま》くサスペンスだった。怖かった。まさかのラストが未だに忘れられない。

「それにしても本妻と、その夫に恋する少女……すごく面白そうじゃないの！　こうしちゃいられないわよ！」

「わっ！」

　ブリっ子が私の手を取って立ち上がる。

「危ないじゃない！　マリアの淹《い》れてくれた紅茶をこぼすところだったわよ！　ルイ王子にもし見られたら『僕のマリアのお茶をこぼすなんてありえない』って一時間ネチネチ言われるわよ！」

「今この場にルイ王子いないでしょうが！」

　確かにいないけどあのルイ王子ならどこからか嗅ぎつけそうな気がするのだ。だってマリアのストーカーだもん。

「それより行きましょうよ！」

「行くってどこに？」

「決まってるじゃない！　その愛人希望のところよ！」

　愛人……ってさっきの話から考えると……。

「まさかアビゲイル王女のところ？」

「そうよ」

　ブリっ子が頷く。

「な、何で!?」

「だって楽しそうじゃない！　きっと今ごろクラーク殿下にアピールしに行っているんじゃないかしら？」

「まさかそんな……」

他国に留学という名目で来ているのに、クラーク様に色目を使おうとするだろうか。

「いや、するでしょう。ここまで追ってくるぐらいなのよ？」

私の心の中を読んだブリっ子が私のおでこを突く。

「相手の動きを読まないとね！」

「本心は？」

「面白そうだから」

「心配してよ！」

あっけらかんと言うブリっ子。親友の心配より面白さを取らないでほしい。

「心配してるわよ、一割ぐらい！　だから相手の動きを読んで先回りしたほうがいいと思って提案してるんじゃない！」

「誰の動きを読むのです？」

「誰ってアビゲイル王女の――え？」

知らない声にブリっ子が声の聞こえた方向に振り向いた。

これは扉のほうから聞こえ、そこには二人の人物が立っていた。

アビゲイル王女と、その侍女だ。

「な、な」

私は驚いてアビゲイル王女に近づく。

「か、勝手に扉を開けるのはマナー違反ですよ！」

「無断で扉を開けたことは謝罪しますわ。何度ノックしても出てこなかったものですから。十二回目のノックをしようとしたとき、わたくしの名前が聞こえたので、つい開けてしまいました」

「そ、それは開けてもしかたないですね、すみません……」

話に夢中になりすぎてノックの音が聞こえなかったようだ。マリアがいたら気づいただろうが、マリアも追加のお菓子を取りに行っていてちょうどいなかった。

アビゲイル王女がこちらをじっと見る。私は冷や汗をかく。

声が聞こえたって言った？　ということは、アビゲイル王女の話をしていたのを聞かれていたのよね？

え？　何言った？　え？　愛人とかなんとか言ってなかった？

「どうも、愛人候補のアビゲイルですわ」

「「申し訳ございませんでした！」」

私とブリっ子は思いっきり頭を下げた。まるで双子のように息ぴったりな動きを見せた私たちに、アビゲイル王女はため息をついた。

「気にしていませんわ。本人がいない場所ではそういった話もするでしょう」

アビゲイル王女の言葉に頭を上げる。

アビゲイル王女、もしかして心が広い……？

期待を込めて顔を上げたらとても不機嫌な顔をしていらっしゃった。しっかり怒っていた。

「本当にすみませんでした……以後気をつけます……」

「よろしくお願いいたします」

アビゲイル王女は扇《おうぎ》を開いて口を隠す。こういう扇を持っていると高貴なお姫様感があってアビゲイル王女にとても似合っている。

「えっと、部屋の中に入ります？　何かご用だったのでは？」

「用はありますが、ここで十分です」

アビゲイル王女が扇を閉じた。

「宣戦布告に参りました」

「せ、宣戦布告……？」

アビゲイル王女は閉じた扇を私に向けた。

「クラーク様にわたくしはアタックいたします！」

「え!?」

突然の発言に私は戸惑う。

「な、なぜわざわざ私にそれを伝えに……？」

それこそ、私に言わないで、自分で勝手にすればいいことだ。いや、既婚者にアタックするなど褒められたことではないけど、私に言う必要はない。むしろ妻である私に言ったら邪魔をされる恐れもある。

なのになぜ私に伝えたのか。

私の考えが顔に出ていたのか、アビゲイル王女が説明してくれた。

「わたくし、陰でコソコソするのは性に合いませんの」

「は、はあ……」

「ですので」

アビゲイル王女が扇を開く。

「きちんとあなたに宣言して、堂々と行動させていただきますわ！」

「な、なるほど……？」

既婚者に言い寄るのは堂々とするべきではないと思うけれど、きちんと伝えてくれるだけ良心的なのかもしれない。

おそらく彼女は曲がったことは大嫌い……いや、既婚者にアタックすること自体が曲がったことではあるけれど、とにかくまっすぐな子なのだろう。たぶん。付き合いが短すぎて断言できないけど。

「あら、やめろとか言いませんのね」

アビゲイル王女は私の反応の薄さが想定外だったようだ。修羅場になることを想像していたのかもしれない。

「え、いや、まあやめろと言ってやめてくれるならそのほうが」

「言われてもしますけれど」

「あ、やっぱり？」

こちらの意見は関係ないらしい。ただ本当に宣言したかっただけのようだ。

アビゲイル王女はビシッと閉じた扇を私に向ける。

「これからわたくしはクラーク様に正々堂々擦り寄りますので、指をくわえて見ていらっしゃい！」

「いや、既婚者に言い寄るのを正々堂々と言っていいのかな……？」

「きちんと宣言しての行動だから正々堂々に間違いありませんわ！」

そ、そうかなぁ……？

「それでは、用事はこれだけなので失礼いたします」

アビゲイル王女は言いたいことだけ言って、優雅に去っていった。

「……なんなの、あの子……」

ルイ王子とか最近出会った人はみんなキャラが濃いけれど、アビゲイル王女もなかなかだ。

「ねぇ、ブリ……」

「修羅場だわ――――！」

「ブリっ子？」

ブリっ子が瞳を輝かせる。

「手に汗握るサスペンスになりそうな予感ねー！　事実は小説より奇なり！」

「あんた背後には気をつけたほうがいいわよ。特に月のない夜」

「ブリっ子さん？」

「ブリっ子さん？」

もしかしてブリっ子の中で殺される役は私？

「私、あと七十年ほど生きて大往生《だいおうじょう》する予定だけど」

なんならひ孫にまで囲まれて死ぬ予定だけど。

「まあ冗談はさておいて」

「本当に冗談だった？　ねえ、本当に冗談だった？」

「クラーク殿下があんたからあのお嬢さんに乗り換えることはないと思うけど、愛する夫に他の女が寄ってくるって、相当不快だから気をつけてね」

「何を？」

「その苛立ちを夫に向けてしまって喧嘩になること」

私はブリっ子の言葉にハッとする。

確かにブリっ子から借りた本でも、それで夫婦仲が悪化したやつがあった！

夫にあの女は誰なのか問い詰め、ただ言い寄られているだけだと言う夫を信じず疑心暗鬼になって、最後は――。

「いやー！　クラーク様が死んじゃう！　私の手で！」

「何⁉　あんた何想像したの⁉」

本のような悲惨な事態にするわけにはいかない。

もしうっかりクラーク様を手にかけてしまったら、私だけの罪でなく、実家も同様に罰せられる。実家の父母、あと兄と……待ってもうブリっ子にも被害が行くじゃない!? 私のせいで私の親友が!?

「そんなことにならないようにしないと!」

「たぶん、私の考えている最悪の事態とあんたの考えている最悪の事態が違うわね」

ブリっ子は冷静だ。こっちはブリっ子のことを考えているのに!

「まあ、警戒はしておいていいんじゃない?」

「そうね……」

クラーク様が靡くとは思えないけど、もしかしたら、もしかしてがあるかもしれないもの。

「向こうが正々堂々とアタックすると言うなら、私も正々堂々と邪魔しないとね!」

「その意気よ!」

意気込む私たちに、いつのまにかお菓子を持って戻ったマリアがお茶のお代わりを淹れてくれたので、立ったままだった私たちはようやく椅子に腰を下ろした。

「そういえば」

私はティーカップのぬくもりを楽しみながらブリっ子に訊いた。

「兄様に寄ってくる女性がいたの?」

「ノーコメント」

◇◇◇

翌日。

「アビゲイル王女が我々と親睦を深めたいと言うので、しばらくみんなで一緒に食事をすることになった」

王族は皆各々忙しいため、普段は別々で食事をとっているのに、珍しく呼ばれたと思ったら、国王陛下にそう告げられた。

「私たちは忙しくてたまにしか一緒にできないかもしれないけど、その場合はレティちゃんとクラークと一緒に食事してもらってもいいかしら？　アビゲイル王女」

相変わらず王妃様モードの王妃様がアビゲイル王女に訊ねた。

「もちろんですわ。無理を言って申し訳ございません」

アビゲイル王女は、昨日私の目の前にいたあなたは別人でしたか？　と聞きたくなるほど、私の前では見せなかった輝かんばかりの笑顔を振りまいていた。

え、本当に別人。私にまでその笑顔向けてくるの怖い。

「祖国を離れるなど初めてのことですから、寂しくて」

本当に寂しいと思ってる？　さりげなく、「クラーク様の隣がいいです」と主張してちゃっかり隣に座ってるほど図太いのに本当に寂しいと思ってる？

ちなみにクラーク様の反対側の隣には私が座っている。妃じゃない女性が隣に座っているのに、妃が隣に座らないなんてありえないので！

「クラークとアビゲイル王女は知り合いなのよね？」

「そうなんです！」

王妃様がアビゲイル王女に訊ねると、アビゲイル王女は元気に返事をした。きっとこの話題を待っていたのだろう。

「クラーク様とは、クラーク様が我がクレーメン王国に留学にいらしたときに、仲良くなりましたの。ねえ？　クラーク様？」

アビゲイル王女がクラーク様をじっと見つめる。人の夫をそんなねっとりした目で見ないでほしい。食事中なのだから、この料理長自信作の鴨肉のソテーにその視線を向けてあげてほしい。

「ああ。五年ぐらい前のことだな。年も近かったから一緒にいることも多かったんだ」

「しょっちゅう一緒にお話ししましたね」

明らかにこちらを見ながら挑発するように話すアビゲイル王女。

だが私はそういう挑発には、兄のおかげで慣れっこなのだ。煽りが兄に比べたら弱い。

私は余裕の笑みを浮かべながら鴨肉のソテーを口に運んだ。

アビゲイル王女がムッとした顔をする。ほほう、アビゲイル王女、さてはあなた煽り耐性ないわね？

「よく恋人じゃないかと噂されるほどでしたのよ」

私が無反応だからか、アビゲイル王女がチラチラこちらを見ながら、少し声を大きくして言う。

「ほんの一部の人間だけだよ、そんなことを言っていたのは」

つまり、ほとんどの人間から見て恋人関係には見えなかったのだろう。アビゲイル王女はクラーク様からのはっきりした否定に、顔を赤くして「そうですわね」と恥ずかしそうに呟いた。

恋人じゃないかと噂された相手に否定されるほど恥ずかしいことはないだろう。敵ながら慰めたくなってきた。

「でも仲良くしてくれていたのは事実だから、ここでも気軽に接してくれると嬉しいな」

「は、はい！」

クラーク様の優しい言葉に、落ち込んでいた顔からキラキラした表情に変わる。

おお、これが恋している人間の顔！

なんだか眩《まぶ》しいものを見てしまった。

クラーク様、既婚者なのに、そんな期待させるようなことを言うなんて、罪作りだわ！

私がキッとクラーク様を睨みつけると、クラーク様は不思議そうに首を傾げた。

これは――無自覚……！　自分が相手に何したか気づいていない……！

この人、生粋《きっすい》の天然タラシなんだわ！

しかも……。

私は視線を談笑しているクラーク様とアビゲイル王女に向ける。

顔を赤らめて必死に話しかけているアビゲイル王女に、平然と接しているクラーク様。

いや、これはきっと——。

私は確証がほしくて、クラーク様の耳に唇を寄せた。

「クラーク様、まさかアビゲイル王女のこと、気づいていません……？」

クラーク様は不思議そうな顔をする。

「気づくって何に？」

あまりに邪気のない表情で言われ、私はまるで雷を落とされたかのような衝撃を感じた。

こ、この人……激ニブか⁉

こんなあからさまな好意に気づいていないとは……！

「レティ？」

「あ、えーっと……」

これはどう答えるべきか。

正直に言ってもクラーク様はアビゲイル王女に靡かないだろうけれど、でもわざわざ教えることでもない。

それに、たとえ相手が誰だろうと、勝手に気持ちを伝えるのはダメだろう。

「ええーっと……」

「うん？」

「アビゲイル王女は……」

「うん」

「……鴨肉が好物みたいですよ」

勝手に言うんじゃないわよ、という視線を向け続けていたアビゲイル王女は「なんで鴨肉の話⁉」と言いたそうな表情をした。

いや、なんでだろう。他に思いつかなかったんだ。

でも鴨肉おいしそうに食べていたから嘘ではないはず。明らかに他の料理より目が輝いていたもの。

「鴨肉が好きなのか？」

クラーク様に訊ねられ、アビゲイル王女は恥ずかしそうに頷いた。

「そうか。そういえば、留学中も鴨肉が多く出た気がするなぁ。アビゲイル王女が好きだったからか」

「ええ。シェフが気を利かせてよく出してくれましたから」

クラーク様がクレーメン王国での話を出したからか、アビゲイル王女の気分が向上したようで、私に自信ありげな視線を向ける。

これはあれね。「わたくしと彼、二人だけの思い出があるのよ」という視線ですね？

残念だが私はそのぐらいの視線で臆《おく》したりしない。

だってこっちはクラーク様の妻だしね！

「クレーメン王国ではクラーク様はどのようにして過ごしていたのですか？」

それぐらいどうした、という意思表示を込めて、クラーク様に訊ねる。

アビゲイル王女が歯を食いしばったのに気づかないクラーク様が答えてくれた。

「向こうには勉強しに行ったからね。大体勉強して過ごしたよ。そういえば、服の文化も少し違ったなあ。ここみたいにそこまできっちりした感じじゃなくて、確か女性もコルセットしないタイプのドレスだったはず……合ってるかな？　アビゲイル王女」

「あ、そ、そうですわ」

私を睨みつけていたアビゲイル王女が、クラーク様に向けて慌てて笑みを浮かべる。

「わたくしの国であるクレーメン王国は、この国、アスタール王国より気温が高いのです。一年を通して温暖な気候なので、コルセットのような蒸すものは使わず、通気性のよいドレスを着ています」

「へえ」

国が違えば着るものも全然違うんだなぁ。コルセットないのは羨ましいな。苦しいもの、これ。と思いながらお腹を摩《さす》った。

「あれ？　でも今アビゲイル王女が着ているのは、コルセットの必要な、この国の一般的なドレスと同じに見えますけど？」

今アビゲイル王女が着ているのは、私が着ているドレスと同じような形をしている。とても今聞いたコルセットなしのドレスには見えない。

「ああ、このドレスですか？　郷《ごう》に入《い》っては郷に従えと言うでしょう？　だからコルセットを使うドレスを誂《あつら》えたんです」

わざわざドレス作ってきたの!?　すごいね！

昔は閉鎖的な時代もあったみたいだけど、今は国を自由に行き来していて、留学も盛んである。だからルイ王子も気軽に留学という名目でこの国で暮らすことができている。

そして特に決まりもないため、大体の人間が服を含めて自国の物をそのまま使う。

事前に留学先と同じ物を用意することは、まったくないわけではないが、稀《まれ》である。

もしかして、意外と真面目な人なのかな……？

「私、コルセットのないドレス見たいわ！」

王妃様が興味を惹かれたようで、瞳を輝かせた。

「アビゲイル王女は持ってきていないのかしら？」

「いくつか持ってきましたが……」

王妃様はアビゲイル王女の手を取った。

「まあ！　じゃあ着て見せてくださいな！」

「え……」

アビゲイル王女が少し困った表情をする。その表情から察した王妃様が、眉尻を下げた。

「いやだったらいいのよ。無理言ってごめんなさいね」

王妃様のしょんぼりした様子に、アビゲイル王女が慌てた。

「い、いいえ、大丈夫です！　すぐに用意いたします！」

「あら、いいの？」

「はい。あなた、お願いできる？」

アビゲイル王女が彼女の後ろに控えていた侍女らしき女性に声をかける。侍女は頭を下げると、部屋から出て行った。おそらく準備に向かったのだろう。

「楽しみね！　食事が終わったらレティちゃんと部屋にお邪魔させてもらうわね」

にこにこ笑う王妃様の笑みに、アビゲイル王女は同じく笑みを浮かべた。

◇◇◇

「まあ！　これがそのドレスなのね！」

王妃様がはしゃいだ声を出す。

「ええ。あまり腰を締めつけず、ゆったりしたタイプのドレスになります。また、通気性のいい素材で作られているのも特徴ですわ」

アビゲイル王女に与えられた部屋は、なかなかの広さがあり、私や王妃様、そしてその侍女たちが入ってもまだまだゆとりがあった。アスタール王家のアビゲイル王女への厚遇ぶりがわかる部屋だ。

「気温が高い地域だと、通気性が悪いと暮らしにくいものね」

「そうなのです。こちらの美しさを際立たせるドレスに比べると、我が国のドレスは実用性重視と言えますわ」

アビゲイル王女の部屋についているクローゼットに下げられたドレスを見て、王妃様は興奮している。

確かにどれもうちの国にはないデザインだ。

アビゲイル王女が実用性重視と言っていた通り、アビゲイル王女の国のドレスは、あまり飾り気がなかった。

レースもないし、よくあちこちに散りばめられる宝石やリボンもない。

しかしシンプルながらも、いい素材を使っているのか、上品な美しさがあった。

暑いからか肩は丸出しで、胸部分で落ちないようにするドレスだ。

「ねえ、これ着てみてもいいかしら？」

王妃様がそっと上目遣いをしてアビゲイル王女に訊ねる。可愛い！　とても結婚する年齢の息子がいるとは思えない！　可愛い！

「もちろんですわ！　ぜひお好きなものを着てみてください！」

王妃様の可愛さに顔を赤らめたアビゲイル王女がどうぞどうぞとドレスを王妃様に差し出した。

「そうね。じゃあこれにしましょうか」

王妃様が薄紫色のドレスを手に取った。

「で、レティちゃんはこれ」

「え」

王妃様が水色のドレスを手に取って私に渡してくる。

「せっかくだもの。みんなで着てみましょう」

「そ……それはそうですね」

実は私も着てみたかったのだ。コルセットなしのドレスって着たらどんな感じかすごく気になっていた。

でも一応恋敵《こいがたき》にあたる私が着てもいいのだろうか？

私がアビゲイル王女の顔を見ると、彼女はふう、と息をついた。

「レティシア様もどうぞ」

仕方ない、と顔に書いてあるが、本人から許可が出た。ということは着られるということだ。

「わたくしも着替えますわ。やはりコルセットはまだ慣れません……」

アビゲイル王女がお腹にそっと手を当てる。わかる。苦しいよね、わかるよ。毎日着て慣れているはずの私も苦しいもの！

「着方がわからないから、アビゲイル王女が着替えるのを侍女に見せてもらってもいいかしら？」

「もちろんです。ではこちらへ」

王妃様づきの侍女と、私の侍女――リリーがアビゲイル王女のそばに行く。

アビゲイル王女が今着ているドレスを脱いで、侍女に手伝ってもらいながら、着慣れたコルセットなしのドレスに着替えていく。

コルセットで締めつけるという工程がないからか、ササッと袖を通したかと思うと、すぐに着付けが終わっていた。

「いかがですか？」

アビゲイル王女は黄色いドレスを身に纏っていた。柔らかい生地のドレスはそれだけで印象を柔らかくしてくれる。コルセットはないが、腰部分に紐があり、そこを結んで身体の曲線が美しく見えるようになっていた。コルセットだけでなく、パニエなども使わないようで、スカート部分は広がっていない。しかし、軽い素材だからか、アビゲイル王女が歩くたびにドレスがふわりふわりと揺れ動いて、優雅さは損なわれていない。

「素敵です！」

控えめに言って可愛い！　動きやすさなども重視されつつ可愛いなんて、とんでもなくお得だ。素材が柔らかいから着心地もよさそうだけど、どうなんだろう。

早く着たくてソワソワしていると、王妃様がクスリと笑った。

「じゃあ私たちも着ましょうか？」

「そうですね！」

私はリリーにドレスを渡す。今着ているドレスを脱がせてもらい、アビゲイル王女に借りたドレスに袖を通す。

「わあ！　かるーい！」

いつも着ているドレスよりだいぶ軽く感じる。

王妃様に選んでもらった水色のドレス。やはり柔らかく薄い生地でできていて、動くたびにふわりと揺れる。腰回りはきつくないし、生地にゆとりがあるから身体を動かしても突っ張る感じもしない。

「これは脱走にもってこいでは……!?」

「レティちゃん、別に逃げてもいいんだけど、そんな堂々と宣言するのもどうなの？」

「ごめんなさい！　でも逃げます！」

「逆に潔《いさぎよ》いわよね、そこまでいくと」

逃げるのはもう私の趣味になっているから見逃してほしい。

この服なら普段よりきっとスイスイ木に登れるし、走るのも速いし、壁も楽に乗り越えられる。もしかして最高なのでは？

「これいくらですか？　買い取ります」

「は!?　なんですの、いきなり!?」

私の買い取ります宣言に、アビゲイル王女が驚きの声を上げる。だがそれより今は値段を教えてほしい。出します、言い値を！

「実は兄からもらった個人資産があるんですよ。いえ、今まであまり使わなかったお小遣いが残っていたらしいんですけど」

言いながら、これだと兄に甘やかされていた感じがすると思って慌てて言い直したが、これはこれで過保護だったような言い回しになってしまった。

実際はお小遣いを使えないほど勉強させられていたんだ。兄は教育パパならぬ教育兄だったので。

「別にその一枚ぐらいあげますわ」

「え⁉　いいんですか⁉」

「ええ。多めに持ってきておりますし。他で買いたいと思っても、この国ではなかなか買えないでしょうから」

どうぞ、というアビゲイル王女は先ほどの生意気王女様ではなく、女神様に思える。優しい。もしかしたら慈悲の女神様かもしれない。

「そうよねぇ。主流がコルセットのドレスであるアスタールでこのドレスを売ろうと思っても、誰も買わないものね」

みんな、周りと同じような服装をしたいものだ。いきなり誰も見たことのない服装をしたら浮くし、常識はずれのレッテルを貼られてしまうかもしれない。

「いい物なのは間違いないのにもったいないですね」

このドレスのことを知って、他国の王族も着るものだと認識されれば需要があると思う。

「そうだわ！」

王妃様が閃いた！　という表情で私とアビゲイル王女を見る。

「二人で協力して、このドレスをアスタールで広めない？」

「え？」

「はい？」

私とアビゲイル王女が固まる。

「お、王妃様……今なんて……？」

私は否定してほしくて、王妃様に訊ねた。

しかし、答えは変わらなかった。

「レティちゃんとアビゲイル王女が協力して、このドレスを誰もが欲しがるものにしてくれないかしら」

「え……？」

私とアビゲイル王女が一緒に……？

「な、なぜ私とアビゲイル王女が……？」

王妃様から見ても私とアビゲイル王女は仲が良くは見えていないだろう。王妃様はとぼけているようで空気を読むのがうまい人だ。アビゲイル王女がクラーク様を好きなことも気づいているだろうに。

「だって、アビゲイル王女はこっちに来たばかりでお友達もいないし、文化を学ぶには人と関わるのが一番なのよ？」

「そ、それはそうでしょうけど……」

王妃様の笑顔に、アビゲイル王女も否とは言えなかった。

「はい……」

そう言った彼女の顔は引き攣っていた。

◇◇◇

「なんってあなたと協力しなきゃいけないんですの⁉」

王妃様の帰った部屋で、猫を被っていたアビゲイル王女がテーブルを叩く。

しかし、痛かったのか、すぐにその手をフルフル振っていた。

勝ち気だけどひ弱なのかもしれない。私の丈夫さを分けてあげたい。

「なんでって言われても……王妃様の気まぐれとしか……」

王妃様が実際には何を考えているかは私も知らないけど。

「なんでよりによって恋敵と⁉」

アビゲイル王女は私に近寄って叫んだ。

「他の方と一緒にと言うのならノリノリでやらせていただきましたが、なぜよりによって初恋の人の妻!? やる気の削《そ》がれ方がひどいですわ！」

わかる！ わかるよアビゲイル王女！ なんでよりによって恋敵と!? って思うよね！

私も思った！

「でもお願いされた以上、一緒にやらないと……」

私はアビゲイル王女を刺激しないように慎重に言葉を選んだ。

「わかってますわよ。頼まれた以上、きちんとやります。ただ少し本音を吐き出しただけです」

アビゲイル王女はまったく納得がいっていない表情をしながらソファーに座った。

「それでどうしますの？ クレーメンのドレスを流行《はや》らせようにも、そのままではおそらく流行りませんわよ？」

「そうね」

あくまでこのドレスはクレーメン王国で生活するためのものなのだ。そちらの気候や文化に合った作りになっている。アスタール王国のためのものではない。

それをそのまま流通させても、物珍しさで一時話題にはなるかもしれないが、継続して使ってはもらえないだろう。

それでは王妃様の望みは叶えられない。

「女性の身体に負担にならないドレスを流行らせたいと言ってたわよね？ リリー」

少し離れた位置にいたリリーに話しかけると、リリーは頷いた。

「はい。お二人が茫然自失している間に王妃様は『あんまりコルセットで締めすぎるのは身体によくないって王宮医がぼやいていたのを聞いたのよ。確かにどう考えてもいいとは思えないものね。いくら美しさのためとは言え、健康を損なったら元も子もないわ。その点このドレスは美しさもあり、身体への負担も少ない。これが流通したら、きっとみんな喜ぶわよ！』と仰《おっしゃ》っていました」

「リリー……よく覚えていたわね……」

王妃様の口調までそっくりに真似て説明してくれたリリーに感心する。さすがリリー、できる女！

「ということは、長期的に着てもらえるよう、この国の人々に受け入れられるようにしないといけないわね」

「申し訳ありませんが、わたくしはこの国のことにはさほど詳しくありませんわよ」

「そうよね……できればこの国とクレーメン王国について詳しい人……」

そこまで呟いてハッとしてアビゲイル王女と顔を見合わせる。

「クラーク様！」

◇◇◇

「ドレスを流行らせる？」

クラーク様がパチクリと目を瞬いた。

「また母上は変なことを言っているなぁ」

王妃様のこういった行動に慣れているのか、クラーク様は驚かなかった。

「その、それで両国の文化や環境に詳しいのはクラーク様だと思いまして……」

「こういったことに携わるのは初めてだから自信がないけれど、ある程度なら力になれるかもしれないな」

「本当ですか⁉」

王妃様から下された任務の先行きが見えて嬉しくなって、思わずアビゲイル王女と一緒に顔を見合わせた。

アビゲイル王女はハッとした様子ですぐに顔を逸らす。

この子、本当に面倒くさい性格をしているわ。

「流行らせるなら、まず生地から考えないとな」

「生地ですか？」

「ああ。向こうと違ってこっちは四季がはっきりしているからね。季節に合わせた布を使わないと。そのままこのドレスをコピーして作っても、こちらの気候に合わないから流行らせるのは難しいよ」

アドバイスをもらうために持参してきたドレスを触りながら、クラーク様が続けた。

「今は冬だろう？　この時期に温暖な気候に合わせて作ったこのドレスを着たら凍《こご》えて死

んでしまうよ」

「た、確かに……」

たとえ上からコートを着ても、寒いだろう。もしパーティーなどに参加するためにこのドレスを着ていったら、コートは脱がなければいけないし、このドレスだけの姿になったら寒くてきっと踊りもせずただただ震えていることになる。

「これからのことを考えると、全部の季節のものを作るのがいいと思う。でも、今は冬だから、次の季節の春のドレスを作るのが急務かな」

「そうですね。なるべく早く王妃様にいい報告をしたいですし、それならまずは春のドレスを作りましょう」

その他の季節のものは、そのあと作ればいい。できれば同時進行で可能な限り進めたいけれど、最優先は春に向けて動くことだ。

「じゃあ生地に詳しい人を探さないといけないですね」

「それだけじゃなくて、商売に詳しい人も必要だね。できれば他国の商品を扱うのに慣れている人がいるといいんだけど」

「お二人、誰か心当たりありませんの？」

アビゲイル王女に訊かれ、私はうーん、と頭を悩ませた。

できれば生地を扱う人間も、両国について知っていてくれたらやりやすいのだけれどね。

そこまで考えて、私の頭の中に、ある人物がポッと出てきた。

どうしてすぐに思い浮かばなかったのか！

適任者が身近なところにいるじゃないか！

◇◇◇

「で、私が呼ばれたわけ？」

ブリっ子が大きなバッグを抱えてやってきた。

「うん。ブリっ子、結構他国についても詳しいでしょう？　メイド服とかも仕入れてくるじゃない」

「まあね！　商売人たるもの、他国の商品ぐらい把握していないとね！」

ブリっ子が胸を張る。

「じゃあこのドレスも知ってた？」

「もちろん。でもこの国では流行らなそうだから手を出さなかったのよね」

ブリっ子がため息をつく。

「やっぱり一番のネックはコルセットをしないことね。この国ではコルセットをするのが当たり前で、しないのは品がないと思われているし」

「まあ！」

ブリっ子の言葉にアビゲイル王女が反応した。

「このドレスのよさがわからないなんて、それこそセンスがないのではありませんの？　やたら胸を強調する服こそ下品ではありませんか」

自国のドレスを馬鹿にされたように感じたのだろう。アビゲイル王女が頬を膨らませる。

「そこはね、どうしても文化の違いがあるからね」

ブリっ子がフォローしようとする。

「あとは気候の違いが大きいな」

ブリっ子の援護のつもりなのか、続けて兄が言った。

「いや、兄様は呼んでないんだけど⁉」

「安心しろ、スポンサーだ」

「スッ……それなら仕方ないわね」

スポンサーは必要だ。王妃様が言い出したことだから国からお金が出るだろうが、他からもお金がもらえるというのならもらっておいて損はない。そのほうができることの幅が広がる。

「というか、兄様が来たということは利益になる見込みがかなりあるということよね」

「当たり前だろう。そうでなければ俺は金は出さない」

公爵家嫡男でお金には困っていないけれど、兄はお金にはシビアだ。どうも父がドンブリ勘定であれやこれや散々苦労したらしい。

確かにあの父に仕事ができるとは思えない。なんかポヤポヤした人だし、私が物心ついたときには兄がドルマン公爵家の実権を握ってたし、父はほぼニートだった。

ちなみに兄はキビキビしていた祖父似である。私は誰に似ているでもないし、父似ではないと信じたい。少なくとも公務は行っているからニートではない。というか仕事しろ父。

兄が私をクラーク様の婚約者にして親から引き離したのも、この父が私をデロデロに甘やかして育てるから、第二の父になるのを恐れたことも理由の一つだったらしい。

兄は無駄を省くのが好きであまり説明などする人間ではなく、そんな理由があったと知ったのはクラーク様と結婚してからだった。

そういうことはきちんと教えてほしい。なぜ言わない兄。ずっと「この権力大好き人間め」と誤解していたじゃないか兄！　いや権力好きなのは間違いないんだろうけど！

「コルセットについては、みんなはじめは抵抗があるかもしれないけれど、それは宣伝の仕方でどうにでもなるわね」

「宣伝？」

私の思考がちょっと飛んでいる間にブリっ子はさすがの商売人で、すでに頭の中でいろいろ算段をつけているらしい。

「それについてはまた今度説明するわ。今はまずドレスを作ることが先決だからね」

「はあ……」

今教えてほしいなと思ったけど、もしかしたら話が長くなるのかもしれないし、宣伝するにしても物がないとどうにもならない。

とにかくドレスをこの国に合うように作る。それが先決だ。

「まず生地自体をどうにかしないといけないわね」

「そうね。このドレスのデザインを損なわない生地がほしいけど」

「そうすると柔らかくて加工しやすい生地がいいかしらね」

「ブリっ子、生地には詳しい？　ブリっ子なら詳しいかなと思って」

生地に詳しそうで、他国の商品を扱うことに慣れている人間といったらブリっ子しか思い浮かばなかったからお願いすることにしたのだ。どうか詳しくあってくれと願う。

「ふっ……この金にがめつ――じゃなかった、商売上手なブリアナ様が詳しくないわけないでしょう！」

すごい自信だった。さすが自ら商売人を名乗るだけある。

「さらに今回はスポンサーもついている！　そう、生地についてはナディルがどうとでもできるわ！」

ブリっ子から名前が出て、みんなの視線がサッと兄に集中する。兄は静かにスッと手を上げた。

「縫製工場を持っている」

初耳である。

実家はそんな商《あきな》いも行っていたのか。ずっと妃教育に集中していたから、正直実家がどうやって財を成しているのか知らない。え、実家なのに！

そして貴族は政《まつりごと》や自身の領地での税金などから生活していると思っていたのだけれど、わりと兄のように工場などを構える貴族ってもしかして一般的だったりするのだろうか。

もしかして私の貴族のイメージ遅れてる⁉ ずっと妃教育ばかりで世間から離れていたし、ここにいる人間ぐらいしか知り合いがいないから、普通というものがわからない。

「安心しろ、レティシア」

脳内でグルグル考えていると、それを察した様子の兄が、私の肩に手を置いた。

「しっかり商売をする貴族はそこまで多くないが、うちには縫製工場、製菓工場、宝石工房、その他あれこれ工場があるし、それをあれこれする会社もいっぱいある。そう、うちは異端だ。先代が手広くいろいろやりすぎたんでな」

兄の目が死んでいる。

兄の言い方から察するに、普通の貴族ならしなくてもいい仕事までこなしているのだ。もしかしたら王族より多忙かもしれない。

私は兄を労《ねぎら》おうと、口を開こうとした。

「兄――」

「でもブリアナのために異国の輸入品扱う店も作ったし、なんなら貿易船も新調した」

「めちゃくちゃ楽しんで商売してる」

慰めようとして損をした。

あとさりげなく惚気られた。ブリっ子が後ろで照れてる。きぃ！　私のブリっ子なのに！

「まあ、とにかくドレスのデザイン作りから、生地作り、そして流通まですべて我が公爵家でなんとかできるから安心しろ」

兄が胸を叩いた。

「そしてジャンジャン仕事を寄越《よこ》せ。金になる」

「ブリっ子もがめついけど兄様もがめついのよね」

似たもの夫婦である。

しかし、そのおかげでうまく企画が動きそうである。

「これで一安心ね」

「まだ企画段階だからそうはいかないんじゃない？　今から細々《こまごま》したことを決めていく必要があるし、使える経費とかの計算も……」

さすが商売をしているだけあって、楽観的な私と違い、ブリっ子はより深く考えているようだった。引きずり込んでおいてよかった。こういうのはやはり経験者が一番頼りになる。

ブリっ子はブツブツ呟いていたが、そのうち目が爛々《らんらん》と輝きだした。

「でも成功したら大きな利益になるのは確かよ！　ああ、大きな仕事って大好き……！」

「ブリっ子、兄様と結婚してお金持ちになったのに、相変わらずお金好きよね」

「それはそれ、これはこれ！　お金稼ぐのはもう趣味なの！」

「実益を兼ねていていい趣味だ」

嫁バカな兄がうんうん頷いている。

いや……うん、楽しそうだしいい趣味だわ。

「私も仕事してるブリっ子好きよ」

「ありがとう私も私が大好きよ」

素晴らしき自信。そのまま人生を楽しんでほしい。

「レティ」

ブリっ子大好きなので、私も兄につられてうんうん頷いていると、クラーク様に声をかけられた。

「はい？」

「君は仕事をしている人間が好きなのか？」

「？　それはまあ、はい」

仕事しない人より仕事をしている人のほうが大半の人は好きなのではないだろうか。

何を当たり前のことを、と思っているとクラーク様が私の手を握ってきた。

「レティ、俺は仕事はできるよ」

「は、はあ……」

十分存じ上げている。

そもそも小さいころから王になるための知識を詰め込まれて育ったのに、役立たずの王太子では困る。もしクラーク様が仕事ができないのであれば、国民も黙っていないだろう。

つまり今現在、クラーク様が王太子であるということに不満を漏らす国民が少ないということは、クラーク様がきちんと政ができている証《あかし》である。

なんで国民の声を知っているかって？　たまに脱走しているからです！

私はクラーク様がきちんと仕事ができることを知っているから「何を今更？」と思っただけなのに、反応が薄かったからか、クラーク様がそわそわし始めた。

「違うんだレティ、本当に仕事ができるんだよ……いや、こう言うと余計に怪しいな……」

クラーク様が頭を抱えて悩んでいたが、急にハッとしたかと思えば、明るい表情を浮かべた。

「俺が仕事できるところをレティにも見せてあげたらいいんだ！　そうと決まったらこうしちゃいられない！　すぐに執務室に戻らないと！」

慌てた様子で部屋から出ていこうとしたクラーク様は、その前に一瞬足を止めて振り返った。

「きちんと仕事ができたらデートしてください！」

「あ、はい」

燃えるクラーク様に思わず返事をすると、余計やる気になったようだが、別にそんな約束しなくてもデートぐらいするのにな、と思ったことは秘密である。

「なんだかあんたの旦那も見ていて飽きないわよね」

しみじみとブリっ子が言った。

ちなみにアビゲイル王女は私たちの後ろでドレスの詳細を兄に教えていた。

アビゲイル王女もきっと仕事好きだ。

◇◇◇

本日はひとまず兄やブリっ子をアビゲイル王女に紹介しただけで、具体的なことについてはまた後日きちんとした場で話し合おうと決め、兄は自身の仕事に戻っていった。兄は会社を多く抱えているし、領地経営だ政の補佐だのでとても多忙なのである。

そして自分も戻ろうとしたブリっ子に、のんびりお茶をするといいと告げ、嫁への気遣いも見せていった。私には一切なかった気遣いである。

「思っていたのと違いましたわ……」

アビゲイル王女がしょんぼりと落ち込んでいる。普段気が強いだけあって、そうしているとかわいそうに思えてしまう。

「一緒に仕事をして仲良く計画が、嫁に気に入られるために頑張る男に力添えする悲しい女になってしまいました……」

その通りなんだろうけど、言葉にすると悲しさがすごい……。

「お、落ち込まないで、アビゲイル王女！　一緒にこれから仕事することになるんだし、大きなチャンスに間違いはないはず！」

「きい！　正妻の余裕！」

火に油を注いでしまった。

「そりゃ正妻は余裕ありますよ。結婚するより別れるほうが大変なんだからそうそうそんなことにならないじゃないですか、特に王族だし。浮気して離婚なんてことになったら面《メン》子《ツ》が丸つぶれになりますもの。可能性の低さから余裕も出ますって」

ブリっ子の丁寧な解説にアビゲイル王女がプルプル震えている。

「別に離婚させようなんて思っていませんわ！」

アビゲイル王女が心外だという様子で言い返した。

私はブリっ子と顔を合わせた。

あれ？　クラーク様を奪いたいわけじゃないの？

今までの行動からそうなのだろうと思っていたのだが、もしかすると私はすごい思い違いをしていたのかもしれない。

「あの……クラーク様を略奪するために留学しに来たんじゃないんですか？」

違ったら申し訳ないと思いながらも確認をすると、アビゲイル王女が「はあ!?」と大きな声を出した。

「略奪!?　そ、そんなことはしませんわ！」

アビゲイル王女がブンブンと首を横に振る。

私とブリっ子は再び顔を見合わせた。

略奪する気がないのなら、あの行動の数々は一体……？

それに先ほどのセリフだとやはりクラーク様に気があるように思えるのだけど……。

「あの──……」

アビゲイル王女にもう少し詳しく話を聞いてみようと思って、声をかけようとしたそのとき。

「やあ！　マリアはいるか⁉」

相変わらずノックを忘れてルイ王子が入ってきてしまった。

「ちょっと！　ノック！」

ルイ王子が、あっ、という顔をして、慌てて周りを見回した。

「わ、わざとじゃないです！　わざとでは！」

「クラーク様ならいないけど」

「それを早く言え」

クラーク様がいないとわかると、途端に偉そうな態度に変わった。

「クラーク様に言いつけてもいいけど」

「すみませんごめんなさい次から忘れないので言わないでください」

ルイ王子は早口で言うと頭を下げた。

「あなた前から思っていたけどクラーク様を恐れすぎじゃない？」

確かにルイ王子に怒ることは多いかもしれないけど、クラーク様は基本優しいからそんなに怖がることないと思う。

そう思うのに、ルイ王子は小バカにしたように首を横に振る。

「いいか、あの方はお前に関してだけ目の色を変える。そういうときのあの人は怖い。知っているか？　僕は甘やかされて育ったから叱られ慣れていないんだ」

「なんの自慢？」

王様が溺愛《できあい》しているからあんまり叱られていないのは事実だろうけど、それを伝えられてどうしろと？

「だから全力で圧をかけてくるあの人が怖い。だからお願いします言わないでください」

「驚くほどの腰の低さ」

「ライル、お前もお願いしろ」

ルイ王子の後ろに控えていたライルが、あからさまに嫌そうな表情をする。

「いやですよ。私は何もしていません。ルイ殿下がやったことだから叱られるのはルイ殿下だけです」

「お前は！　それでも僕の従者なのか⁉」

「別になりたくてなったわけではないので」

「お前のそういう態度、どうかと思うぞ僕は！」

「不満があるなら国王陛下にどうぞ！　私をあなたの従者に選んだのは陛下ですから！

本当なら誰がなりたいと思いますか、こんな生意気な王子の従者！」

「なんだと⁉」

「あ、やばっ、本音出ちゃった」

「わざとだろお前！」

ライルの忠誠心のなさもすごいが、相手がルイ王子だからな、と納得してしまう空気もすごい。

私は慣れたものでそれを見ていたが、静かになったアビゲイル王女を思い出し、二人を止めることにした。

「ちょっと、お客様がいる前で……」

私はアビゲイル王女の様子を窺うとアビゲイル王女は扇で顔を隠していた。

「アビゲイル王女？」

急に扇全体で顔を隠したアビゲイル王女を不審に思い、声をかけるも、彼女は扇で顔を隠したままだ。

「アビゲイル王女様～？」

こちらの声かけにも答えない。

「ん？」

言い争っていたルイ王子も気づいたようで、アビゲイル王女に近づいた。彼女はビクリとしたが扇はそのままだ。

「あれ？」

ルイ王子がアビゲイル王女の顔を見ようといろいろな角度から覗こうとする。しかしアビゲイル王女も負けじと扇の角度を変えて応戦する。

なかなかの白熱ぶりを見せてくれた二人の争いも、二人がハアハア荒い息をつき、ルイ王子があきらめて止まった。

アビゲイル王女がホッと息をつく。が——。

「アビゲイル王女ですよね？」

ルイ王子の言葉に、アビゲイル王女がビシリと固まる。

「なんでここに？　というか、あ——」

「ルイ王子、ぜひともお話ししましょう！　あ、失礼しますわ！」

アビゲイル王女は何かを言いかけたルイ王子の腕を取り、そのまま嵐のように去って行ってしまった。

残された私とブリっ子とマリアとライルは、その様子をただ見ていた。

「……クッキー頂いてもいいですかね」

「どうぞ」

ライルはクッキーを一枚手に取ると、トボトボとルイ王子のあとを追いかけた。

頑張れライル。

「あれは何かあるわね」

ブリっ子がかけてもいない眼鏡をクイッと上にあげる仕草をした。あれかな、探偵気取ってるのかな。

「何かって？」

「知るわけないでしょう」

ブリっ子が立ち上がる。

「というわけで行くわよ！」

「ちょっと待った！」

ノリノリであとを追おうとしたブリっ子の首根っこを掴まえる。服が首に引っかかってブリっ子が「ぐえ」とカエルがつぶれたような声を出す。

「何するのよ！」

「いやだって、追いかけようとするから……」

ブリっ子は何を当たり前なことを？　と言いたげな表情を浮かべた。

「そりゃ追いかけるでしょう。こういうとき事件が起きているのよ」

「ブリっ子また昨日ミステリ小説読んだんでしょ？　日常にそんなに事件は起きないから」

「そう思い込んでいるだけだって昨日読んだミステリの主人公が言ってた」

「現実と混同しないで！」

私はブリっ子に言い聞かせる。

「もしかしたらお友達同士の久しぶりの再会なのかもしれないじゃない」

「そんな感じに見えなかったけど。口封じしようとしているようにしか見えなかったけど」

「とにかく！」

私はまだ納得していない様子のブリっ子にクッキーを差し出した。

「プライバシーの侵害はダメ！　絶対」

「はぁい」

ブリっ子はクッキーを受け取ってモソモソと食べ始めた。

「……こっそり見に行っちゃダメ？」

「ダメ！」

◇◇◇

「さあ！　いい朝よ！」

私はシャッとカーテンを開けられ眩しさに思わず「うっ」と声を出す。

私は布団を頭から被る。

「いやだぁ、マリアちゃ〜ん！　今日は何も用事がないから長く寝ていいって言ってたじゃない～！　起きない～！　いやだ～!!」

駄々を捏《こ》ねていると、布団を引きはがされた。寒い。

「返して～！」

「いつまで寝ぼけているの！　さっさと顔洗いなさい！」

お布団を返してもらえないのなら再び寝ることもできない。サッとお湯の入った桶《おけ》を出されて、私は渋々顔を洗った。

そして差し出されたタオルで顔を拭いて目の前を見てみると、そこにいたのはマリアではなかった。

「……なんでブリっ子!?　マリアは!?」

「気づくのも起きるのも遅すぎるわよ。おはよう」

「おはよう！」

人を叩き起こしてくれたブリっ子は、さあ、と私を立たせる。

「マリア、早くこの子の身支度して」

「はーい」

マリアいたんだ。

マリアは慣れたもので、ボケッとしている私にパパッと服を着させて髪を梳《す》き、身だしなみを整える。素晴らしい手腕。まあ腕がよくないと私付きの侍女にならないわよね。

すっかり身支度を終えた私の腕をブリっ子が摑んだ。

「じゃあ行くわよ！」

手を引かれたが、私は頑張って踏ん張った。

「ちょっと待って！」

「ブリっ子、どこに行く気⁉」

「どこって決まっているでしょう⁉　あのアビゲイル王女がいるところよ！」

「昨日言っていたこと聞いてた⁉　アビゲイル王女にもプライバシーがあるんだってば！」

「でもそれも浮気相手となれば話が別でしょ？」

私はブリっ子の言葉に、踏ん張るのをやめて足を進めた。

「何それどういうこと？」

「クラーク殿下には仕事があるから忙しくてなかなか声をかける機会がない。でもその機会があるときがある」

「いつよ」

「今よ」

こんな朝早く？　と思って首を傾げると、ブリっ子にため息をつかれた。

「知らないの？　あなたの部屋に飾られている花、クラーク殿下が毎日摘んできてるのよ」

「何それ初耳！」

確かに毎日部屋に置いてある花瓶の花は変わっていた。だけど使用人がやっていることだと思っていたのに。

そうなんだ。あの花クラーク様だったんだ。ふぅーん……。

「嬉しそうな顔しないの」

「し、してない」

私は慌てて頬を押さえる。たぶんにやけてはいないと思う。……たぶん。

「そんなわけで、朝のその花摘みタイムは話しかけるのにベストな時間なのよ。そしてあの子はここに来て少し落ち着いて自由な時間ができた上にドレス作りで話す話題ができた……ということは、絶対クラーク殿下のところに向かうはずよ！」

「必ずそうするとは限らないんじゃない？」

私がそう言うと、ブリっ子は、チチチッと舌を鳴らした。

「甘いわね。私だったら落とす相手がいたら少しでも時間ができたらアタックしに行くしおそらくあの子はそのタイプよ！　じゃなきゃわざわざ遠い異国まで来ないでしょう？」

「ふーん。兄様もそうやって落としたわけ？」

何度も兄様にアタックして玉砕する令嬢を見てきたけど、ブリっ子はどうやって兄様を落としたんだろう。何度も会いにくるから絆《ほだ》されるというタイプでもないと思うんだけど。

「いや、ナディルには効かなかったわ。すでに攻略してたから」

「え、待って待ってそこのところ詳しく！」

さらっと言われたけどすごく気になる！

二人がどうやってくっついたかは、兄は答えてくれないし、ブリっ子も乙女モードになって口を噤んでしまうからあまり詳細を聞けていない。何がどうなって結婚までいったのだ。教えて、そこのところ詳しく。親友の私に詳しく！　そして兄様のどこがよかったのかも詳しく！

だってあの兄だ。あの兄。私なら絶対選ばない。

嫌味を言えば五倍にして返してくるし、間違ったことを間違ったと指摘せずにいられない、あの兄だ。

「兄様が甘い言葉を言うところなんて想像できないんだけど、兄様のほうから惚れたって本当？　嘘じゃない？　別人じゃない？　本当に兄様だった？」

「どこまで疑り深いのよあんたは！　別人だったら大問題でしょうが！」

確かに。

結局ブリっ子は詳細を教えてくれず、目的地に着いてしまった。

王城の本城から少し離れた離宮。ここは他国の王族が泊まりで来るときや、留学に来たとき貸し出すのだ。

ちなみにルイ王子はここではなく別の離宮で過ごしている。

その離宮から少し距離を取った木陰で、ブリっ子がこそっと確認してくる。

「王女様って今ここで暮らしているのよね？」

アビゲイル王女が今住んでいるのは、確かにこの離宮である。

「なんで離宮の場所知ってるの？」

「私公爵夫人だもの。王城に来る機会は何度もあるし、ナディルにも必要だからある程度、王城内部を覚えておくように言われたわ。もちろん公表されていない場所は知らないけどね」

確かに兄も賓客をもてなすこともあるし、王城には仕事でよく来る。その妻であるブリっ子が王城内に詳しくてもおかしくはない。

そもそも何度もブリっ子王城に来ているしな。

「あっ、噂をしたら！」

ブリっ子がさっと木の陰に隠れて私もつられて身を隠すと、アビゲイル王女が離宮から出てくるところが見えた。

離宮の入り口にいなくてよかった。鉢合わせるところだった。

「ほら、あとをつけるわよ！」

「ええ……なんで？」

「なんでって……決まっているじゃない！」

ブリっ子の目が輝いている。

「これからあんたの旦那にアタックに行くのよ!?　邪魔しに行くに決まっているでしょう!?」

ブリっ子はワクワクしているのを隠しきれていない。

「いや、クラーク様のところに行くと決まったわけじゃ……ブリっ子、楽しんでいるでしょう?」

「まさかそんなわけないでしょうどうして?」

「早口になるところが自供しているようなものなんだけど!」

見つからないようにアビゲイル王女のあとをつけながら、ブリっ子はふっと笑った。

「知ってる? 他人の修羅場は蜜の味なの」

「それを言うなら人の不幸は蜜の味……ってやっぱり楽しんでいるじゃない!」

「あっ! 見て!」

ブリっ子が指をさす。

その指の先を辿ると、アビゲイル王女とクラーク様がいた。

「ほら、やっぱり! ここまで予想通りだと嬉しくなるわね!」

「もう隠す気もなく楽しんでいるじゃない!」

「いいじゃないの、これぐらいの娯楽」

「娯楽って……」

「もう少し話が聞こえるところに行きましょう!」

ブリっ子に促され、見つからないように木々の間を移動しながら、距離を詰める。

「あの、クラーク様……」

「なんだい? アビゲイル王女」

「わたくしは今何をしているのでしょうか……？」

アビゲイル王女は花を摘みながら首を傾げた。

「レティの部屋に飾る花を摘んでいるけど？」

クラーク様が何を当たり前のことを、と言いたそうな表情をしているが、それは全然当たり前じゃない。

クラーク様の目は節穴なのか、アビゲイル王女の「なぜわたくしが……？」と思っている表情がわからないらしい。

アビゲイル王女も律儀に花を摘まなくていいのに、根が真面目なのが災いして、きちんと色合いなども考えて花を摘んでいる。いいよ、アビゲイル王女、そんな丁寧に選別しなくていいよ！

「あ、あのクラーク様……」

「何かな？」

「あの……」

「うん」

「……いい天気ですわね？」

「ああ、そうだね」

「……」

会話終了。

……アビゲイル王女、もしや話下手か……？

話をするためにクラーク様に会いに来たのだろうに、ろくに話題も提供できず、ただ恋敵への花を摘むだけの悲しい作業になっている。

「な、何か話をしましょうか？」

アビゲイル王女はなんとか頑張ろうとしているようだが、やはり話を振ることに慣れていない。そんなふうに言われて話が弾むことは難しいと思う。

クラーク様は少し考えて口を開いた。

「毎日レティが起きる前に顔を見に行っているんだけど」

「え、あ、はい」

まさかの私の話題になり、アビゲイル王女の高くなっていた声が急に低くなった。しかしそのことに気づかずに、クラーク様は話を続ける。

いや待って、その前に毎日起きる前に顔を見に来てるって何。初耳。今日は初耳が多すぎる！

次に何を言われるのかとハラハラしながら私は話を聞いた。

「レティはね、毛布の端っこをね、もぞもぞ触ってるんだよいつも」

「はあ」

「たぶん本人気づいていない癖なんだろうけど、可愛いよね」

「……はぁ」

「それから」

お願いだから私のためにもアビゲイル王女のためにもうやめてあげてほしい。

アビゲイル王女の顔を見てほしい。あんなに説明するのが困難な表情初めてだ。そして私の顔はきっと真っ赤である。

「毛布触る癖あるの？」

「知らない！」

ブリっ子の問いに私は顔をぷいっと背けた。

寝ているときのことなんて知るわけないじゃないか！

みんな自分が寝ているとき自分が何してるか知ってる？ 知らないでしょう？ 知らないよね？ いびきかいても歯ぎしりしてもみんな気づかないでしょう？ なら毛布触ってるのも気づかないよ！

待って大事なことなんだけど、私他に寝ているとき何かしてないよね？ してない……かどうか、自信なくなったから今度リリーかマリアに聞いてみようかな……。

とんでもない寝相で毎日みんなを困らせていたらどうしよう。

私が意識をよそに向けている間にも、クラーク様はそのままアビゲイル王女に私の話を続けて、アビゲイル王女は形容しがたい表情をずっと浮かべていた。

そりゃそうだ。仲良くお話ししようと思ったら、まさかの妻の話だけを延々とされるなんて思っていなかったはずだ。アビゲイル王女も話下手だが、クラーク様も空気読むのは下手なのか……？

いや、空気が読めていたらアビゲイル王女の気持ちにも気づいているだろうし、妻の花選びを一緒にしたりしないだろう。鈍くてよかったと思うべきかどうなのか。

アビゲイル王女は話を聞きながらもきちんと花を摘んでいる。真面目だ。いいよそんなことしなくて……もうやめようよ……。

私はアビゲイル王女がかわいそうになってきた。夫にアタックする小憎たらしい女の子なはずなのに、ここまでくるとフォローしてあげたくなる。

とりあえずクラーク様、その子に私への花を選ばせるのやめてあげて。

「私、今、野次馬根性でここに来てしまったことを後悔してる……胸が痛い……」

「私も今ならアビゲイル王女に優しくできそう」

陰から見守りながら、泣きそうになってくる。

私とブリっ子はついに我慢できなくなり、前に出ていこうとする。

が、そのとき、先に動く人影があった。

その人影はアビゲイル王女とクラーク様に近づいていく。

「あ」

先に気づいたのはアビゲイル王女だ。彼女は目の前に立つ人物を見ると固まった。

「あ、もう着いたんだね」

クラーク様は知っていたようで、その人物の登場に驚いていない。

「あ、あれって……」

ブリっ子がワナワナと手を震わせながらその人物を指さす。無理もない、ブリっ子にとって彼はいい思い出ではないだろう。

「久しぶりだな、クラーク。アビゲイル王女も初めましてではないが、一応自己紹介させてもらおうか」

その人物は、爽やかに微笑んだ。

「ネイサン・デルバラン。デルバラン王国の王太子で――君の婚約者だ」

誰が誰の婚約者だって？

いや、ネイサン王太子はしっかりとアビゲイル王女を見てる。つまり彼の言う『君』はアビゲイル王女のことだろう。

私とブリっ子は顔を見合わせた。

「え」

アビゲイル王女と？　ネイサン王太子？

が、婚約者同士？

「え――――!?」

私とブリっ子の大きな声で、木々が揺れた。

◇◇◇

「やあ、君たちも久しぶりだね。ネイサンだが覚えているかな？　俺は覚えているけど」

ネイサン王太子が、ブリっ子を見ながら……正確にはブリっ子の胸を見ながら話す。

「忘れたくても忘れられないでしょう、こんな胸しか見ない男」

「褒め言葉だと思っておくよ」

ネイサン王太子は胸に釘づけなまま会話を続ける。さっき城に到着した兄様が青筋を立てながらネイサン王太子とブリっ子の間に立った。視線を遮ることができてブリっ子がホッとしている。

「あぁ……残念だが仕方がないな」

ネイサン王太子はあっさり引いてブリっ子のほうを見るのをやめた。いやにあきらめが早い。

私の疑問が顔に出ていたのか、ネイサン王太子は訊いていないのに答えてくれた。

「もう彼女は人妻なんだ。じろじろ見るものじゃない。俺だって弁《わきま》えている」

「え、そんな良識あったんですね……」

言いながらなかなか失礼なことを言ってしまったなと思ったが、彼はそう言われ慣れているのか、気に障《さわ》った様子はなかった。

「意外だろう？　だが一応俺は配慮できる男だ」

配慮できる男はそもそも人の胸をガン見しない。

「あ、あの……本当にアビゲイル王女と婚約していらっしゃるんですか？」

この王太子とアビゲイル王女が婚約者同士という事実が信じられなくて訊ねる。

「ああ。前々から話はあったが、正式に決まったのは半年ほど前だ」

わりと最近婚約したと。

見えてきた、見えてきたぞ、からくりが。

私がアビゲイル王女を見ると、彼女は深くため息をついた。

「ちょっと失礼いたしますわ」

アビゲイル王女が退室する。その際視線が合って手でクイッとジェスチャーされた。おそらく私たちもついてこいということだろう。

私はブリっ子を連れてアビゲイル王女を追いかけた。

アビゲイル王女は中庭で花を摘んでいた。

「わかったでしょう？」

アビゲイル王女は再び深いため息をついた。

「あれがわたくしの婚約者なんですもの。わたくしが自暴自棄になる気持ち、理解できるでしょう？」

あれ、と言われ、先ほどのネイサン王太子が頭に思い浮かんだ私とブリっ子は深く頷いた。

「あんな……あんなおっぱい星人と結婚するなんて……いえ、前々から話はありましたから、予測はできました。でもそれとこれとは話が別でしょう？」

予測できたからといって納得できるものではないと。わかる、わかるよアビゲイル王女！

私は昔納得いかなくて全力で逃げました！

「アビゲイル王女も逃げたら……」

「わたくし、そんなに責任感のない人間ではございません」

私の胸にアビゲイル王女の言葉が突き刺さった。

ごめんなさい、責任感のない人間で……。

でも今はきちんと責任とって王太子妃してます……。

「わたくしとて王族の端くれ。いずれ政略結婚するのだろうという覚悟もできておりました。ですから、結婚自体はいいのです。あの方も、中身はあれですが、仕事もできるそうですし、民に慕われています。嫁ぐことに文句はございませんわ」

「じゃあ何に文句が……？」

そこまで心構えができているのなら、こんなところで油を売っていないで、母国で結婚準備しながらゆっくりしていたらいいんじゃないだろうか。

「このまま恋愛経験なしで嫁ぐことに不満があるのです！」

アビゲイル王女が近くの木を殴りつけた。

しかし痛かったのか、その手を押さえて蹲《うずくま》ってしまった。

「だ、大丈夫？　アビゲイル王女」

「だ、大丈夫ですわ……木ってこんなに固いのね……」

それはまあ、木だから……。

素で言っていそうなアビゲイル王女。深窓の王女様っぽいし、もしかしたら今まで木に触らずに生きてきたのかもしれない。

「わたくしだって胸ときめく恋がしたい……だけどあの人とそれができるとは思えない……でも結婚したら他で恋をするなどもっての外《ほか》ですわ。するなら結婚する前……そうだ！　わたくし、初恋の方がいる！　と思い出しましたの」

それがクラーク様というわけか。

「でもクラーク様は結婚しているんですが……」

「だからいいのではないですか」

何がいいの……？

アビゲイル王女がわかっていないという風に首を軽く振った。

「既婚者ということはわたくしがいくらアタックしようと本気にならないということ。わたくしは存分に片想いという状況を楽しめるし、万一両想いになってしまうというリスクもない。誰も傷つかず、わたくしが満足して恋愛ができる環境ですわ」

アビゲイル王女が完璧、と自分の計画に自信を持った口調で語る。

そこで、黙っていたブリっ子が手を上げた。

「既婚者だから振り向かないなんて確証もありませんよ」

「え」

アビゲイル王女が心底驚いた声を出す。

「ど、どういうことです？　だって……結婚しているんですのよ？　結婚とは契約のはずですわ」

「それを裏切る人間も一定数いるということです」

ひえ、とアビゲイル王女が悲鳴を上げた。

「ふ、不貞をするということですの？　げ、現実にそんなことがあり得るんですの？」

「不貞という言葉がこの世に存在していることがその証拠かと」

アビゲイル王女は開いた口が塞がらないようだ。

私はブリっ子の脇をツンツン突いた。

「ちょっと、そんなに不安がらせてどうするのよ」

「きちんと教えないことこそ悪いでしょう。この王女様がクラーク殿下じゃない既婚者のほうがよくなって、『既婚者だから大丈夫』とアタックしたら相手がその気になってとんでもないことになるほうが大問題でしょうが」

「た、確かに……」

結婚するまでは恋愛（という名の片想いごっこ）を楽しむぞ！　と他に目を向ける可能性もないではないし、さっきまでなぜか『既婚者は振り向かない』という考えが頭にあったアビゲイル王女だ。相手が本気になって「そういう意図はなかった」と言っても通用しない相手だった場合、大変な事態になっていただろう。

「げげげげ現実怖い……」

ブリっ子が脅すように言ったせいもあるのだろうが、わりと清い考えだったアビゲイル王女にとって衝撃だったのだろう。

想像もしていなかったことを想像してしまって震えあがっている。

婚約者と恋することは叶わなそうだけど、憧れは捨てられず、片想いごっこに興じようとしたアビゲイル王女。

かわいそうだ。婚約者がアレなばかりに。

「大丈夫よ、アビゲイル王女。クラーク様はそんなことにならないから」

「レティシア様……」

アビゲイル王女は涙目で私を見た。

「あなたの初恋の相手はそんな不誠実な男じゃないわ。自信を持って！」

「そう……そうですわよね！　クラーク様は大丈夫ですわよね！」

落ち込んでいたアビゲイル王女は元気を取り戻した。

「あの方はあなたに首ったけですもの！　安心してアタックできますわ！」

そう言われると少し照れる。く、首ったけ……そうなのかな？　そう？　他の人から見てもそう？

「ありがとう！　わたくし、悔いのないようにします！」

アビゲイル王女は私の手を握って感謝を伝えると、大きく手を振って去っていった。

私も笑顔で手を振り見送る。

「あんた、敵に塩を送ってどうするのよ」

「あ……」

ブリっ子の指摘で、私はアビゲイル王女の背中を押してしまったことに気づいたが、時すでに遅かった。

◇◇◇

久々に来た実家で、私はブリっ子に責め立てられていた。

「信じられない。普通うちの夫は大丈夫だからどうぞ〜、なんて許可する⁉」

「そ、そんな言い方してない……」

「ほぼこうだったわよ」

言ってないもん……。クラーク様は結婚しているのに他の女性にうつつを抜かす不誠実な男じゃないって言ったんだもん……。

アビゲイル王女の事情を知ってから一日経《た》ったが、ブリっ子はまだグチグチ言っている。

「おかげで見なさいよ、あれ」

ブリっ子が顎で指すほうを見ると、アビゲイル王女が必死にクラーク様に話しかけていた。

私に気づくと、アビゲイル王女がニコッと笑う。

「ほら、あんたから応援してもらえたと思ってこちらにも友好的になったじゃない」

「それは別にいいことなのでは？」

ギスギスしたまま一緒に王妃様のお願いのための仕事するのいやだし。

「うっかりクラーク殿下とられても知らないわよ」

私はあきれ顔のブリっ子に、乾いた笑みを浮かべながら首を横に振った。

「私との妄想日記書くような人が他に目を向けると思う？」

ブリっ子は固まった。

しかし、少しすると疲れたように、額に手を当てる。

「そうねそういう人だったわね、あなたの旦那様は。他人事だと面白いけど自分がされたら引く」

つまり当事者でない今は面白がっているということだ。

「私、兄様のようなタイプのほうがやってそうだと思うけど」

「いやいやいやいやまさか」

言いながらブリっ子は少し期待する様子で兄様を見た。クラーク様と話していた兄が視線に気づいたのかこちらを向き、邪魔をするなとジェスチャーしてきた。

「いやいやいやいやまさか」

同じセリフなのに今度はありえないという確信を持った口調でブリっ子が言った。

　だが私は兄もなかなかに初恋を拗らせていると見ている。きっとブリっ子の姿絵は何枚も描いてどこかに隠しているだろうし、ブリっ子が何をしているか逐一《ちくいち》把握していそうだ。

　だってあの人執念深いもん。

「それにしても、私一応仕事しているのに邪魔者扱いされるなんて解《げ》せないわね」

「兄様って基本今まで個人プレイでやってきてるから……人を気遣ったりできないのよね」

　だから友達も多くない。友達と言えるのはエイベルさんぐらいじゃないだろうか。

　エイベルさんはあの兄の性格にも物怖じせず、仲良くしてくれているらしい。兄のどこがいいのか私にはわからないが、彼は親友を自称している。

　あ、あとはもう一人兄と仲がいい人間いた。ベン。

　兄が子供のころに孤児院から引き取った人間で、現在は執事をしている。なぜ完璧至上主義の兄がベンを引き取ったのかわからないぐらいドジで失敗ばかりだが、どこか愛嬌《あいきょう》がある人間である。

　でもベンはどちらかと言うとペット枠だ。だってよく「また失敗したのかこの駄犬！」「三回回ってワン！　って言うから許してください～！」「いらん！」ってやり取りしてたもん。犬扱いだし本人も犬になり切ってたもん。

「皆さん、どうぞ～！」

明るい声で登場したのは、兄のペット枠である執事のベンである。

ベンはお茶を私たちの前に並べていたが、右手がカップに引っかかってしまった。

「あっ」

というベンの声とともに、アビゲイル王女の前に置こうとしていたカップが倒れ、中に入っていたお茶はテーブルを伝ってアビゲイル王女のドレスのスカート部分に落ちていった。あっという間にドレスは薄茶色に染まっていく。

ベンの顔が真っ青になった。

「……ベン」

相変わらずのドジさに私はあきれた声を出す。

「ひえぇぇぇごめんなさいごめんなさい打ち首はいやです！」

ベンがシュタッと見事な速さで土下座を披露した。

その土下座がやたらうまいし堂に入っているから、常日頃から土下座しているのがよくわかった。

どれだけ毎日失敗ばかりなんだ、ベン……。

「打ち首制度なんて今はないから」

「ひいいいいじゃあ切腹ですか腹もいやだあああああ！」

今度はお腹を押さえて怯え始めるベン。

ベン……地位のある人間を暴君だと思ってるか……？

兄がそっとベンの後ろに回り、その襟首を捕まえて持ち上げた。

「ベン」

「いやああ坊ちゃん捨てないで！　俺は仕事のできなさに自信があるので他では生きていけないです！　お願いペットを捨てないで！」

「ペットじゃないだろうがお前は！」

「これから犬ですワン！」

「うざい！」

ベン……。

みんなが生温かい眼差しをベンに向け始めたとき、彼の後ろからひょっこり見慣れた顔が現れた。

「これはまた……やらかしましたね、ベン」

「リリー！」

私付きの侍女として王城で働いているはずのリリーがそこにはいた。

「どうしてここに⁉」

「レティシア様は直近で重要な公務はない。対してこちらはこれからブリアナ様とナディル様が事業を行うため人手が必要になるということで一時的に公爵家侍女として戻ることになりました。きちんと王城の許可も取っております」

「初耳！」

「伝えたら妨害されそうだからということで秘密でした」

誰そんな指示出したの！　兄でしょう！　兄しかいない！

私が兄を見ると、兄は知らんぷりしてベンの頭を撫でていた。

くう！　悔しいけどリリーが勝手な判断で公爵家に戻ることはないだろうし、正式な手順を踏んでいるなら私から言えることはない。

でもやっぱり悔しい！

「リリー……必ず帰ってきてね……」

「善処します」

あれ？　即答してくれないのリリー？　帰ってくるよねリリー？　帰ってきてリリー！

「少し失礼いたします」

リリーはさっとアビゲイル王女の手を取ると、彼女を椅子から立たせた。

「すっかり染み込んでしまいましたがまだ時間はそんなに経っていません。急いで洗えばなんとかなるかと。レティシア様の残していった服がありますから、よければそれを着てください。こちらへ」

「あ、ありがとう」

リリーがアビゲイル王女を部屋から連れ出す。

てきぱきと動いてできる女だ。さすがリリー、好き！

「レティシア、リリーをこのままうちにいさせて代わりにベ」

「いや！」

全部を言い終わる前に拒絶すると、ベンがガーン！　と効果音でもつきそうな表情をして床に沈み込んだ。

「みんなひどい……俺はどうせダメなわんこだよ……」

本人の人間の自覚より犬の自覚が強い。まず人として頑張ってほしい。

シクシク泣くベンがかわいそうになったのか、この家の女主人であるブリっ子がそっとベンの肩に手を置いた。

「ベンだっていいところもあるわよ！　きっと！」

「どこに？」

「え……え……？」

おそらく思いつかなかったのだろう、そのまま黙り込んでしまったブリっ子に再びベンがシクシク泣きだした。

ベンに対して何か言いたいけどやはり何も思いつかないブリっ子の隣に兄が立つ。

「ブリアナ、これは甘やかすとつけ上がる。放っておけ。そのうち腹が減ったら泣き止むから」

腹が減ったら泣き止むんだ……。

そういえば昔からご飯の時間になるとピタっと泣き止んでた気がする。

「皆様失礼いたします」

「王女様の着替えが終わりました」

早い！　さすがリリー！

「似合ってるわよ！」

私が思春期に入るころの、つまりまだいろいろ成長途中であったころのドレスだ。

年齢のわりに小柄なアビゲイル王女にちょうどいいサイズだった。

主に胸が。

私も昔は小さかったんだなぁ、と思いながら、アビゲイル王女を見ていると、彼女は私をじろりと睨んだ。

そしてアビゲイル王女は今彼女が着ているかつての私のドレスと、今現在私が着ているドレスを見比べた。

「ま、まだ成長しますもの！」

プンプン怒っているのも可愛く見える。

「それより仕事でしてよ！　話を進めましょう！」

アビゲイル王女がそもそもの目的に話を戻す。

そうだった。団らんするために実家に来たんじゃなかった。

「そうそう、相談したかったことがあって、ドレスのデザインなんだけど」

ブリっ子が自らデザインしたのであろうドレスが描かれた紙をみんなに見えるようにテーブルに広げた。

ドレス部分をスッと指で示す。

「胸で留めるタイプのドレスだから、ちょっと肩や腕が丸だしで、その部分だけ、うちの国でウケるかなぁ、という懸念があるのよね。露出が激しすぎるのは嫌う傾向があるから」

確かにうちの国はそうだ。アビゲイル王女の国のようなドレスは見たこともないし、着たこともない。普段あまり肌を出さない人間が、肌を出す服を着るのはなかなかの抵抗があるだろう。

「うちの国でもそのままでは着ませんわよ？」

「「え」」

私とブリっ子の声が重なった。

「え、どういうこと？　これでこのドレス完成じゃないの？」

「ドレス自体はこれで完成していますわ」

ただ、とアビゲイル王女がキョロキョロして、ちょうどリリーが手にしている、おそらく濡れたアビゲイル王女が寒くないようにと持ってきたのだろうひざかけを手に取った。

「このように」

アビゲイル王女は肩からひざかけをかけた。

「こうして布を肩にかけるのです。わたくしの国は暑いだけでなく日差しもあるので、体温調節と日よけの意味で使っています」

アビゲイル王女の説明を聞いて、ブリっ子は目を輝かせた。

「それすごくいいじゃないですか！」

「え？」

そんなに食いつかれると思わなかったのだろう。アビゲイル王女が驚いている。

「だって、ドレスだけじゃなく、肩かけも作れば、それであれこれ組み合わせを作れます。そう、自分で自分好みの肩かけと合わせてその日の気分で肩かけだけ変えたりもできる……ドレスと肩かけ両方販売することができてがっぽり稼げるじゃないですか！」

商売根性逞しいブリっ子にはすでに販売ビジョンが浮かんだようだ。

「それなら露出も激しくないし、うちの国でも受け入れられる気がするな」

クラーク様も乗り気である。

「ではドレス、肩かけ、両方同時発売できるようにしていこう」

スポンサーである兄も異議はないようだ。そして当然私もない。肩かけでもファッションを楽しめるなんて面白くなる予感しかしない。

「ではさっそく――」

とブリっ子が言ったところで扉が開かれた。

「あ、忘れてた」

ブリっ子がしまったという顔をする。

開けられた扉の先には――。

「ネイサン王太子！　……とおまけにルイ王子とライル」

「おい！　どうして僕がおまけ扱いなんだ！　ライルはともかく！」

「なんで私ならいいんですか！　私だっておまけ扱いなんていやですよ！　主役にしてください！」

「それは図々しすぎるだろ！　ライルのくせに！」

「そういうのパワハラって言うんですよ！」

主従コンビがキャンキャン吠える中、ネイサン王太子は笑顔だった。

「やあ、来ちゃった」

「いやそんな軽い感じで来ちゃうんです？」

王太子なのに仕事はいいのかな？

「実は私が呼んだんだけど……」

ブリっ子が申し訳なさそうな顔をする。

「ドレスの生地、自国だけより、せっかく異国のドレスを流行らせるんだから、いろんな生地があるといいかなと思って、デルバラン王国にも協力してもらおうと考えたの。王妃様にはもう許可も取ってるんだけど、デルバランっていろんな文化が入って生地とかもうちより珍しいのがいろいろあるのよ」

「その生地で叔父上がよく自分のオリジナルの服を作っているよ」

私は楽しそうに生地を持ってあでもないこうでもないとはしゃいでいるニール公爵が頭に浮かんだ。

「今回のドレス、完成したらうちでも流行らせることができたらと思っているからよろしく頼むよ」

「三国間事業だな」

規模がだいぶ大きくなってきた。はじめは王妃様の思いつきだったのに、いつのまにか話が大きく膨らんでいる。

「でもネイサン王太子はそんなに長くここにいてもいいんですか？」

「ああ。当初の滞在予定より長くはなるが、これも仕事だしな。ルイにこういうことを任せるにはまだ幼いし、せっかく婚約者がここにいるのだから、アビゲイル王女との仲を深めるためにも、俺がデルバランの代表としてしばらくここに滞在することになった。デルバラン王国のことは腰をやりやすい父上が頑張ってくれるから安心してほしい」

もしかして王様はまたぎっくり腰になったんだろうか。

ルイ王子は心底不思議そうな様子で首を傾げた。

「父上はどうしてあんなに腰が弱いのだろう？　王様だからそんなに重いもの持っていないはずなのに」

君だよ、重いのは君。

みんなの心が一つになるが、あえて口には出さない。

王様の心愛息子《まなむすこ》知らず。

「というわけで、一緒に仕事をするために、王城でしばらく世話になる予定だ」

「え!」

アビゲイル王女が驚いている。聞いていなかったみたいだ。

「お、王城に……?」

アビゲイル王女が訊ねた。

ネイサン王太子は笑みを浮かべた。

「夫婦初めての共同作業! そして初めての一緒の居候《いそうろう》生活だな! よろしく、アビゲイル王女」

「よろしく……お願いします……」

アビゲイル王女は気まずそうに、ネイサン王太子と握手を交わす。

これからクラーク様に堂々とアタックしようと思ったところに、婚約者が来ちゃったらやりにくくて仕方ないよね。しかも夫婦、という言葉を使われたらより気まずい。

「なんだ。もうバレたのか。なら僕に口止めなんてしなくムグッ!」

「ルイ王子とは仲良くしていただいているんです! ちょーっと二人でお話しすることがあるので失礼しますわ!」

アビゲイル王女がルイ王子を引きずって去っていく。

そうか、この間ルイ王子捕まえたのは、口止めしてたのか。

ルイ王子はアビゲイル王女のことを知っているようだったし、きっと顔合わせをしていたのだろう。そういえばルイ王子が少し留守にしていたときがあった気がする。マリアが

「解放感〜！」って言っていたのを覚えている。

そしてきっとそのときに王様またぎっくり腰になったんだろうなぁ。

「……」

あれ、アビゲイル王女が出ていったってことは、この間気になっていたけど聞けなかったことを訊ねるチャンスでは!?

「あのぅ……」

私はアビゲイル王女が戻ってこないことを確認してから、ネイサン王太子に声をかけた。

「アビゲイル王女が婚約者なんですよね？」

「ああ、そうだ」

「いいんですか？」

「何が？」

私はブリっ子に視線を向けた。

「だって、理想を追い求めていたのでは？」

正確には理想の『胸』らしいが。

ブリっ子が冷ややかな視線をネイサン王太子に向けながら、兄の後ろに隠れた。兄は既婚者の優越感たっぷりにネイサン王太子に笑みを向ける。あの顔ムカつくな……。

「ああ、それはもちろん、理想の胸の女性が婚約者だったらそれに越したことはないけれど」

ネイサン王太子が羨ましそうに兄とブリっ子を見る。

「そんなものを追い求められる立場でもないし、政略結婚は当たり前だからな。それに……」

そこまで言ったところで、ネイサン王太子の頭に何かが勢いよくぶつかった。

「いたた、なんだ？」

ネイサン王太子がぶつかったものを見ると、ヒールの靴だった。

飛んできた方向を見ると、いつのまに戻ったのか、アビゲイル王女がいた。片足は靴を履いていない。

「わたくしだって……」

アビゲイル王女はその綺麗な顔に怒りを露《あらわ》にした。

「わたくしだって政略結婚だからあなたみたいなおじさんでも妥協するんですのよ！」

「お、おじっ……！」

変態と言われようと何もダメージを受けていなかったネイサン王太子が、ひどいショックを受けている。

まだ十六歳のアビゲイル王女からしたら、自分よりだいぶ年上であるネイサン王太子はおじさんで間違っていないだろう。

「わたくしは確かにあなたの婚約者になりました。でも……」

アビゲイル王女はキッと鋭くネイサン王太子を睨みつける。

「わたくし、まだ独身ですもの！　好きにさせていただきます！」

アビゲイル王女はクラーク様に近づき、その腕を取る。

「わたくしはこのクラーク様にアタックしますわ！」

戸惑うクラーク様。ショックから立ち直れないネイサン王太子。気にせず既婚者の余裕を見せつけ続けている兄とブリっ子。どうでもよさそうなライル。

三者三様なシュールな状況で、空気の読めないルイ王子の「お腹空いた」という声が響いた。

◇◇◇

怒れるアビゲイル王女には腹ペコなルイ王子とともに先に王城に戻ってもらい、私はクラーク様にアビゲイル王女の事情を説明した。本人があそこまで話したのならもうきちんと説明したほうがいいだろう。

「え、アタックなんかされていたか？　俺」

クラーク様、まさかのまさか、本当にアビゲイル王女の行動に気づいていなかった。

あんなにわかりやすかったのに。少しかわいそうになる。

「思いっきり好意を示されていたじゃないですか」

「そうだったかな？　心当たりがないな」

クラーク様が首を捻《ひね》る。

「親切ではあったけどな。レティにあげる花も一緒に摘んでくれたし」

あれはアビゲイル王女の真面目な性格とクラーク様の天然さが招いた悲劇である。

「クラーク様はもっと人の心の機微に敏感になるといいですよ」

「俺レティ以外どうでもいいからなぁ」

うっ、不意打ちのときめき！

思わず胸を押さえた私に、クラーク様が不思議そうに見て来るけど、そういうところですよ。いえ、今は人の機微に気づかないでくれていいんだけど！

「でもそうか……なるほど……」

話を聞いた彼は納得したように頷いた。

「どうして婚約したばかりのアビゲイル王女がわざわざ婚約者の国でもなく、ここに留学に来たんだろうとは思っていたんだ。まだ結婚するまで期間があると言っても、あの真面目な性格では自国でそんな自由奔放《ほんぽう》になれないだろうし、そういう意味でも知り合いがほぼいないということも、ここに来た理由の一つなんだろうな」

「そうですね」

アビゲイル王女が真面目なのは早めにわかっていた。

だって彼女がクラーク様に接近するのは王城だけだ。本気でクラーク様を狙うなら、他国から来たことを口実に、城下町を一緒に散策したいとかあれこれできたはずだ。彼女は頭も悪くない。きっとそれぐらいすぐに思いついたけど実行しなかったのだ。

おそらく市井《しせい》で噂にならないように、外に話が漏れにくい王城だけでクラーク様にアタックすることにしていたのだろう。

「アビゲイル王女はまだ思春期だからな……やりたいこともあるだろう」

「恋に憧れる年頃でもありますしね」

でも誰にも迷惑をかけないように恋をしようにも、彼女の婚約者は変人である。

「アビゲイル王女の気持ちもわかります」

私なんていろいろ嫌すぎて逃げようとしたしな。結局捕まったけど。

「ところでさっき言ってましたけど、アビゲイル王女って結婚まで期限あるんですか？」

気になっていたことを訊ねると、クラーク様はああ、と答えてくれた。

「婚約とは言っても、アビゲイル王女がまだ幼いだろう。だから、結婚は数年後にする予定らしい」

「え、私もそうしてほしかったです！」

アビゲイル王女が幼いということで考慮されるなら、私もされていいはずだ。だって一歳しか違わないもの！

「レティが逃げなければもう少し延ばせたんだよ」

「うっ」

自分の行動が仇《あだ》になった。

でももし結婚していなかったらまだあの妃教育が続いていたかもしれないと思うとやっぱり結婚してよかったかもしれない。

前にクラーク様は「もう完璧だからやらなくて大丈夫」と言っていたけれど、結婚まで期間があるとなればまた状況が変わるだろう。

どれだけできた人間でも、期間が空けば忘れてしまうこともある。そうならないために、きっと妃教育を再開されていたはずだ。

結婚した途端役に立たなかったら今まで何していたんだと批判されちゃうしな。これだけ頑張ったのに最後手を抜いて批判されたら悲しくて泣いちゃう。

「おじさん……おじさん……」

ネイサン王太子がショックからまったく立ち直れていない。

「確かに三十二歳は十代にしてみればおじさんだろう……でも気持ちは若いんだ……直接言わなくてもいいじゃないか……」

聞いているこちらが切なくなってくる。

しかし今はそれより気にしたほうがいいことがあるのではないだろうか。

「あのー……それより、いいんですか？」

「何が？　俺がおじさんなことが？」

それは正直どうでもいい。

「アビゲイル王女のアタック宣言ですよ。普通に浮気しますって言われたようなものじゃ

「……」

「ああ」

ネイサン王太子がようやく俯けていた顔を上げた。

「それなら別にいいんだ。さっきクラークが言っていたように、まだ若い彼女からしたら婚約に納得できない気持ちもあるだろう。好きにさせてやってほしい」

変態のくせに大人の対応をするネイサン王太子をちょっと見直した。

「レティシア妃、顔に出てる」

「あ、すみません……ただの変態じゃなかったんだなと思って……」

「フォローになってないよ、レティ」

クラーク様にもツッコまれてしまったけれど、変態なのがいけないと思うの。

「俺だって誰でもいい変態じゃないんだ。自分の最高を追い求めていただけだ」

「面倒な変態じゃないですか」

より質《たち》が悪い気がする。

「ところで聞きたかったんですけど」

「なんだ？」

私はクラーク様とネイサン王太子を見た。

「二人は仲がいいんですか？　お互い呼び捨てみたいなので」

ネイサン王太子が微笑んだ。

「親友だ」

「友人だな」

「「え」」

親友だと言ったネイサン王太子と同時に友人だと言ったクラーク様。親友と友人には越えられない壁があると思うし、おそらくネイサン王太子の表情を見る限り私と同じことを思っているのだろう。

衝撃を受けたネイサン王太子がよろめく。

「ク、クラーク……君にとって俺はそんな軽い存在だったのか……」

「いや、その……」

「今日はショックなことが立て続けに起こる……どうせ俺は変態でおじさんで勘違い野郎だよ」

誰もそこまでは言っていない。思っていただけで。

いい歳しているのにメソメソしながら自虐を始めたネイサン王太子に、クラーク様が近づいた。

「ネイサン、宣言したことはないから、友人と言ってしまったけど、俺はネイサン王太子のことを、大事な友だと思っている！」

「クラーク！」

クラーク様がネイサン王太子の肩に手を置いて真剣な眼差しで訴えると、ネイサン王太子は感動したように、クラーク様と肩を組んだ。

「ありがとう、俺が変態だろうがなんだろうが、友と言ってくれるのは君だけだ」

ネイサン王太子、自分の趣味のせいで孤独じゃん……。

それに対して私はブリっ子とマリアという心の友がいる。

ね、私たち心が繋がってるよね？　と思いながら私がブリっ子に目配せすると、ブリっ子はうっとうしそうな視線をこちらに向ける。

なんで⁉　どうしてそんな一方通行な反応をするの⁉

「私の親友でしょう⁉」

「なんていうか、愛が重い」

「愛は重くてなんぼでは⁉」

「え、重っ」

私はブリっ子の対応に打ちひしがれた。どうして私の愛を受け取ってくれないの⁉

すると、ネイサン王太子が、私の肩をポン、と叩いていい笑顔を向ける。

「どんまい」

「あなたにだけは言われたくないんですけど⁉」

おじさんで変態で親友と思っていた相手に友達だと思われていて婚約者には嫌われている。役満じゃないか。私はそこまでいっていない。はずである。

「それで、アビゲイル王女はこれから俺にアタックしてくるけど、それを止めなくていいというのがネイサンの考えだな？」

クラーク様が念のためか、再度確認する。

「ああ。結婚前の可愛い反抗期だ。逆にそのまま結婚したらきっと一生『ああしとけばよかった』と後悔するはずだ」

たぶんそれは正解だ。人間できなかったことには執着してしまうものである。

特にやり直しがきかないことに関しての後悔というものは一生ものだろう。

「わかった。その点は俺も同意だから、アビゲイル王女が接触してきても拒否せず流すようにするよ」

「悪いな」

「あと三つ約束しておいたほうがいいことがありますよ」

成り行きを見守っていた兄が、初めて口を挟む。

「約束？」

兄が指を一本立てる。

「一つ、ここで許可を出したのだから、たとえこれから何があったとしてもこの件に関して何も言わないこと」

兄が指をもう一本立てる。

「二つ、許可したのだからアビゲイル王女の邪魔をしたり、嫉妬したりしないこと」

兄が指をさらに一本立てる。

「最後に、アビゲイル王女との距離を縮める努力をすること」

兄の言葉をうんうん聞いていたネイサン王太子が、三つ目の約束ごとで目を瞬いた。

「距離を縮める？」

「そうです。せっかくこうしてお互い近くにいるのだから、今のうちに交流するべきです。彼女の国は遠いし、あなたも王太子の仕事があって気軽に出向くこともできないでしょう。結婚前にこんなに近くにいられるのなんて、もしかしたら今だけかもしれませんよ」

兄の言うことはもっともで、ネイサン王太子も納得したようだった。

「確かにアビゲイル王女との仲を深めるために、俺が残って事業に参加することにしたんだもんな。俺とアビゲイル王女が仲良くならなきゃ意味ないよな」

「そうです。クラーク殿下にすべて任せず、あなたも頑張っていただかなければ根本的な解決になりませんよ」

丸投げするな、と兄から釘を刺されたネイサン王太子は少し身を縮めて「はい……」と返事をした。

◇◇◇

アビゲイル王女のアタック宣言から一日経ち、クラーク様とアビゲイル王女とネイサン王太子と私というメンバーで朝食をぎこちなく食べることとなった。というのも、「ネイサン王太子も仲間に入れてあげてね」と王妃様と王様が彼も入れた朝食をセッティングしてくれたからだ。しかし昨日の今日なので要らぬお世話だった。

食事中は食べることに集中していればよかったが、食べ終わるとそうもいかない。食後の紅茶をメイドに淹れてもらうと、みんなが出方を悩んでいるのがわかった。

そんな中、一番はじめに動いたのはネイサン王太子だ。彼は昨日兄に言われた通り、アビゲイル王女との仲を深めようと彼女に近寄った。

「アビゲ」

「話しかけないでください！　おじさん！」

笑顔で、おそらく精いっぱいの爽やかさでアビゲイル王女に声をかけようとしたネイサン王太子は、強烈なダメージを受けて床に崩れ落ちた。彼にとって『おじさん』というワードはとんでもない破壊力があるらしい。

事実を言われているだけだと、まだ十代の私は思うけれど、私が三十代になって『おばさん』と言われたら、確かに嫌かもしれない。王太子妃にそんなこと言える人間そうそういないと思うけど。

「クラーク様ぁ」

アビゲイル王女が精いっぱいの猫なで声を出す。あまりそんな声を出したことがないのか、少し恥ずかしそうなのがちょっと可愛い。

きっとネイサン王太子の前だというのと、あんなに大々的にアタック宣言してしまった手前、頑張らねばと思っているのだろう。

私はといえば、前はアビゲイル王女がクラーク様に近づくことにもやもやしていたが、今は微笑ましい気持ちで見ている。応援してるよ、アビゲイル王女！

アビゲイル王女はドキドキした面持ちでクラーク様に近づいた。

「あ、あのデー……」

そこまで言ってアビゲイル王女は固まったかと思うと、ブツブツ何か呟き始めた。私はそっと聞き耳を立てる。

「待って、デートだと誰かに目撃されて悪い噂が立つと申し訳ないですわ。じゃあお茶会？　でもクラーク様はおじさんと違って日々忙しいでしょうしわたくしに時間を割いてもらうのは申し訳ない……でも何もしないと今までと変わらないし……」

アビゲイル王女、気を回しすぎ！

どうやったら王女様なのにこんな配慮の塊《かたまり》みたいな人間になるの⁉　ご両親が聖人なの⁉

あれもダメ、これもダメ、と考えているアビゲイル王女に、「私が許可出すから好きにしなよ」と言いそうになったとき、「あっ！」と天啓を得たような表情をした。

「レティシア様とのお茶会に相席させてください！」

これはいいだろう！　と自信満々にお願いしてくるアビゲイル王女。

そこは私抜きでもいいんだよ……。変な気は回さなくても……。

でもここで私なしでいいよ、と言ったら彼女がクラーク様といられる機会を潰してしまう。だって私がいなかったらお茶会などしないのだろう、彼女は。

「それなら、ネイサンも一緒にどうだろう」

クラーク様が床とお友達になっているネイサン王太子に助け舟を出す。ネイサン王太子は水を得た魚のように復活した。

「行く！」

途端アビゲイル王女が心底嫌そうな顔をした。その表情を確認したネイサン王太子が再び大ダメージを受けるのがわかった。喜んだり悲しんだり忙しいね、ネイサン王太子。

こんなに婚約者に嫌がられるとつらいだろう。でもほとんど自業自得だからフォローできない……。

自分で頑張って！　と私はネイサン王太子に陰ながらエールを送った。

「わかりました。一応わたくしの婚約者ですからね……不本意ですけど」

ネイサン王太子がちょっと泣きそう。そんなに打たれ弱くてどうする。アビゲイル王女のアタック行動が始まってまだ初日なのに、これでは先が思いやられる。

「実は今日は少し予定に余裕があるんだ。これからお茶会にしようか」

クラーク様の提案で、そのまま私たち四人は残ってお茶会を始めることにした。給仕役にマリアを呼んだ。この気まずい空間に、少しでも癒しがほしかったから……。

「あのー、どういう状況なんですか？」

ドレスを作る事業に参加していないマリアは状況が理解できない。私は今までのことをマリアに耳打ちした。

途端マリアの瞳がキラキラ輝く。

「え、どうしてそんな面白い状況に？」

そうだった。この子純粋な顔してゴシップが好きだった。

「私にもわからない……」

いや本当に。どうしてこんなことに。

頭を抱えたいけど今はそれよりお茶会である。

いつも通りのんびりお菓子を摘《つま》みながら、私におすすめのデザートを教えてくれるクラーク様。アビゲイル王女に話しかけようとするがそっけなくされるネイサン王太子。気合が入りすぎてガチガチのアビゲイル王女。そして自分はどういうポジションにいるべきか悩んでいる私。

やっぱり私いないほうが話がスムーズなんじゃないかな。少なくともアビゲイル王女がクラーク様と話す機会は増えるはず。

「レティ、これどうぞ」

「ど、どうも」

おいしかったのか、クラーク様がチョコレートケーキを取り分けてくれる。

クラーク様の優しさが今だけはアビゲイル王女に向かないだろうか。

「いいですわね……」

私とクラーク様を見ていたアビゲイル王女がポツリと漏らす。私たちが視線を向けたことで口に出していたことに気づいたのだろう。ハッとした様子で口を両手で押さえた。

いいですわね、って……これかな？

私はデザートをアビゲイル王女に差し出した。

「いえ、あの、食べたいのではなく……でもいただいておきます」

差し出されたものを無下に断れないのだろう。アビゲイル王女が律儀にチョコレートケーキを受け取った。

羨ましかったのがケーキのことでないとしたら……。

「取り分けてもらえてるのが羨ましかったの？」

私が訊くとアビゲイル王女が頷いた。

「なんというか……ああ、恋人同士……いえ、お二人はもう結婚されているのですが、想い合った仲なんだなぁというのがよくわかる行動で、いいなと思ってしまいました」

アビゲイル王女に言われるまで、気づきもしなかった私たちにとっては自然な行動だったが、確かに相手が好きでする行動だったなと思った。

「それに引き換え……」

アビゲイル王女がネイサン王太子を見てため息をついた。

「そういう行動もできないいんですもの。さっきから必死に話しかけてきますけれど、そんなことより、ああした行動をしてくれるほうがどれだけいいか……いえ、ただの政略結婚相手にわたくしが求めすぎなのですわね」

アビゲイル王女は自嘲《じちょう》するように言うと、席を立った。

「せっかく開いていただいたけれど、先に失礼させていただきますわ。また午後、ドレスの話し合いで会いましょう」

きちんとこちらのチョコレートケーキを食べ切ってからいなくなったアビゲイル王女は、どこまでも真面目だった。

それに比べて……。

私とクラーク様がネイサン王太子を見ると、彼はビクリと肩を揺らした。

「な、なんだい？」

「もっとスマートに口説けないんですか？」

「いい大人なんだから、婚約者の喜ぶことぐらいできるだろう？」

ネイサン王太子は三十二歳と言っていた。それだけの年齢なら、経験も豊富だろう。思春期の女の子が喜ぶ行動ぐらいできなければ困る。

「ないんだ、経験」

ネイサン王太子は言いづらそうに指をいじっていたが、あきらめた様子で口を開いた。

「「……は？」」

思わずクラーク様と同時に声が出た。

ないって何が？

え、まさかないって……!?

「だから……女性と付き合ったことがない」

私は今度こそ開いた口が塞がらなかった。

「え、えー!?」

だって、待って！

「だってルイ王子がネイサン王太子は理想のおっぱい追い求めてるって！」

「嘘ではないぞ。理想のおっぱいに出会えたらいいなあ、と思って理想に近い女性に近づいたりはしたが、王太子だし、そんなことで女性に手を出せないだろう」

「ブリっ子には迫っていたじゃないですか！」

「好みだったからな。でもブリアナ嬢と婚約してもいないから、ちょっと迫っただけだ。もちろん、あのときはアビゲイル王女とも婚約していない」

た、確かにブリっ子はあのあと無事だったたし、何もされなかったらしいけど。

「ちなみにブリアナ嬢は叫んでいたが、ただ部屋に俺からのメッセージと花を置いておこうとしただけだ。目覚めたときに驚くかなと思って。実際は気配に敏感みたいでその前に起きて追い出されたが」

「勝手に入った時点でそりゃ追い出されますよ」

「でもクラークはレティシア妃が目覚める前に毎日花を置いていると言ったぞ」

クラーク様参考にしたのか！

でもそれは私が一度寝たら爆睡するから可能なのであって、そうでないならやめたほうがいい。あともともと好感度が高くないとそれは引かれる。

「それは絶対に目覚めない相手なのと、両想いなこと前提な行動ですよ……」

「何⁉　そうなのか⁉」

ネイサン王太子が心底驚いたという反応をしているのを見ると、本気でそれが喜ばれる行動だと思っていたのだろう。

「ネイサン王太子……本当に恋愛経験ないんですね……」

「だからそう言っているじゃないか」

自信満々に言うことじゃないんですよ。

「じゃあアビゲイル王女と仲良くなる方法もわからないじゃないですか……」

「さっぱりわからない。女性は何がいやで何に喜ぶんだろうか？」

ネイサン王太子が深くため息をつく。

ちょっとあれな人だが、顔はルイ王子に似て綺麗だ。王太子という地位も相まって、女性から人気はあるはずだ。しかし、今まで恋人も作っていないというところを見ると、ネイサン王太子も、アビゲイル王女同様、真面目な性格なのだろう。そうは見えないが。

「仕方ないですね。マリア！」

私はそっとマリアに目配せすると、マリアはさっと私の前にある物を差し出した。

「それは？」

ネイサン王太子が訊ねる。

私はにんまり口元に弧を描く。

「私の愛読書です」

目の前に置かれたのは、私が読んできた恋愛小説の中でも、特に気に入っているものだ。たまに暇なときに読むため、マリアに常に持ってもらっている。

「あ、それ俺が本棚に置いたやつだ」

クラーク様が少し嬉しそうである。そう、クラーク様チョイスの話なので、きっと彼の好みのはずだ。

つまり、男性が読んでも大丈夫な恋愛小説なはず。

「人気の恋愛小説なので、参考になるかと思います」

「小説が参考に？」

ネイサン王太子は疑わしげだ。

「恋愛小説を舐めてはいけません」

「ひっ！」

おっといけない、目力が強くなってしまった。抑えて抑えて。

私はにこりと笑みを浮かべる。

「恋愛小説には、女性の夢が詰まっています」

「は、はあ……」

「愛しい相手にこう言ってほしいな、こういう行動してくれないかな、というのを疑似体験できるのです」

「はあ……」

「さらにこの話は！」

私は本をネイサン王太子の眼前に掲げる。

「女性側ははじめ婚約者を嫌いだけど徐々に仲良くなって恋愛関係になる話なんですよ！お二人みたいじゃないですか！」

「はっきり俺のこと嫌われているって言ってくるじゃん……」

「事実なので」

「もはやこの扱いに慣れてきたな」

私はネイサン王太子に本を押しつけた。

「女性向けだから恥ずかしいとか思わずに、読んでみてくださいね！」

「本当にこれで女性の気持ちがわかるのだろうか」

「俺も読んだし参考にしたぞ。レティのために。あと普通に面白かった」

私の恋愛小説を買ってきてくれるのはクラーク様だけど、徐々に買ってくる頻度増えてるのは、おそらくクラーク様が読みたいからだ。

わかる。読んでみたらハマる。

そろそろ部屋の棚がギュウギュウだから、恋愛小説部屋を作ったほうがいいかもしれない。

「フィクションから学べるのかなぁ」

「学べます。少なくとも何もわからなくてオロオロしているよりはいいですよ、さっきみたいに」

「うっ」

痛いところを突かれたのだろう。ネイサン王太子がグッと歯を噛み締めた。

「ちなみにまだまだありますから」

「え？」

「一冊で女性の気持ちが学べると思わないでくださいね」

ネイサン王太子の顔が青ざめた気がするが、きっと気のせいである。

◇◇◇

午後はドルマン邸でドレスについての話し合いである。

「ドレスのデザインはこういうのがいいと思いますわ。ブリアナ様はセンスがおありね」

「ありがとうございます！　さっすが王女様は見る目がある～！」

ブリっ子が嬉しそうに猫なで声を上げる。何？　もしかして私友達とられそうになってる？　ブリっ子の親友は私だけど？　譲らないけど？

あんなことがあったからどうだろうかと思ったけど、アビゲイル王女はちゃんと午後には部屋から出てきて、こうして仕事をこなしていた。さすが真面目王女。

しかし、ネイサン王太子が話しかけようとしても無視を決め込み、クラーク様に必死に話しかける行為が続いている。朝は少し落ち込んで見えたが、この感じでは復活したのだろうか。

彼女の目的がわかっているからクラーク様に何しようと、嫉妬も何もしないけれど、なんとか距離を縮めようと努力しているネイサン王太子を見ているとやはり同情心が湧く。

まあそもそもは彼の不必要な一言が原因だから仲裁もしないけれど。

それにこういうのは人が介入するとよくないことも知っている。自分で努力してもらうしかない。だからとりあえず恋愛小説でも読んでおいてほしい。あの本に相手がそっけなくしたら距離を取るように書いてあるから。

「今日はですね、これを見ていただきたくてお呼びしました」

ブリっ子がふふふ、と笑いながら、部屋に続くもう一つの扉を開けた。

「じゃーん！　見てください、この生地の山！」

そこには多種多様な生地が広がっていた。

「もうやる気に満ち溢れて生地を集めてきました！　だってお金のにお――っんん、国を挙げての事業ですもの！」

本音がまったく隠れていない。いっそ潔い。

アビゲイル王女が感心したように生地を手に取る。

「まあ、わたくしの国でこんなに多様な生地は見たことありませんわ。うちは定番のものばかり使いますから」

「気候の関係もあってあまりいろいろな生地は使えないのでしょうね。でもよければアビゲイル王女殿下が国に帰っても使える生地のドレスも作りましょう」

「え？」

アビゲイル王女にその発想はまったくなかったのだろう。生地を持ったままブリっ子を見上げる。

「私の国でも使えるドレス？」

「ええ。同じようなのばかりだと飽きるでしょうし、幸いここにはいろんな種類の生地がありますもの。きっと向こうの気候にも合うものがありますよ」

「でも、わざわざ作ってもらうなんて申し訳ないですわ」

アビゲイル王女が申し訳なさそうにする。

すると兄がアビゲイル王女に助言する。

「気にしなくていいと思いますよ。今のままだと、我々や国には大きな利益になりますが、あなた自身にはなんのメリットもないでしょう？」

「えっと……でも王城でお世話になっておりますし……」

どこまでも謙虚なアビゲイル王女。なんて慎ましいのだろうか。私だったらくれると言われたら全部もらう。

「それとこれとはまったく別です。報酬はもらうべきです」

「でも……」

「あ、じゃあ！」

ブリっ子がいいことを思いついたという表情で手を叩いた。

「私たちの宣伝のためと思ったらいいんですよ！」

「宣伝……？」

ブリっ子がコクコク頷く。

「できれば販売をアビゲイル王女の国、クレーメン王国でもしたいんです！」

「え？　うちの国でも？」

「はい！」

ブリっ子の目がまるで恋する乙女のように輝いている。お金に恋しているのだろう、きっと。

「絶対に合う生地があるし、新しいデザインを着たいという人も多いと思うんです！　もうバカ売れすると思うんです！」

「バカ売れ……」

「そしてそのために必要なのは宣伝……」

ブリっ子はアビゲイル王女をビシッと指さした。

「あなたが必要なんです！」

「わ、わたくしが……！」

アビゲイル王女もノッてきた。

「アビゲイル王女殿下がどれだけ着こなして、どれだけそれで人の目を奪えるか……それにかかっています！　だから……」

ブリっ子がアビゲイル王女の手を握る。

「私の金のためにもぜひ！」

「わかりましたわ！」

いいんだそれで……。

思いっ切りブリっ子、金って言ってるけど、いいんだ……。

「向こうの気候に詳しいのはアビゲイル王女殿下でしょうから、ぜひご協力いただきたく！」

「わかりました！　皆様のためにもわたくし頑張ります！」

「もちろんアビゲイル王女殿下用に、こちらからプレゼントさせていただくドレスですので、好みのものにしてくださいね」

「はい！」

アビゲイル王女はやる気になったらしく、生地を選び始めた。頼られると張り切ってしまうタイプなようだ。

どこかやらされている感じがあったから、アビゲイル王女が頑張る気になったのならこちらとしてもありがたい。

私はネイサン王太子を肘で突いた。

「今行動するべきですよ！　彼女に似合う生地選んでください！」

「え……俺が？」

「他の誰が選ぶんですか！」

「お、俺だな……よしっ！」

ネイサン王太子は、アビゲイル王女のそばに寄り、おそらく気に入ったのであろう生地を彼女に差し出した。

「アビゲイル王女、これとか……」

「うちの国の気候に合いませんわ。婚約者の国についても知らないのなら下がっていらっしゃったらいかがでしょうか？」

ピシャリと拒絶され、しょんぼりしながらネイサン王太子が戻ってきた。

「全然ダメじゃないですか……」

「だって生地とか全然わからない……俺専門家じゃないし……」

「ファッション命の叔父さんいるじゃないですか！」

「叔父がそうなんであって俺は違う！　俺はこの父に似なかった顔で勝負してる！」

「父親の弟であるニール公爵に似ているから、結局父親似ってことなんじゃないですかね」

私たちが話している間に、いつのまにかアビゲイル王女はクラーク様のそばに寄っていた。

「あの、クラーク様」

「なんだいアビゲイル王女」

「あの、この生地とか……どうですか？」

「いいんじゃないかな？　あ、アビゲイル王女、これどう思う？」

「何がですか？」

「レティに似合うかな」

ピシ、とアビゲイル王女が固まる。

まさか自分に似合うものを訊ねてすぐに、妻への好みのものを逆に訊ねられるとは思わなかったのだろう。私も思わなかった。

しかしそんな空気読めない行動をしているクラーク様は、真剣な眼差しで生地を見ている。

「これとかどうかな？　あ、これもいいなぁ」

私に似合う生地を選んでいるクラーク様は実に楽しそうだ。そんなクラーク様の雰囲気に呑まれたのか、アビゲイル王女は私と生地を交互に見て選び始めた。

「これとかレティシア様に似合うのではないでしょうか？」

「お、アビゲイル王女は趣味がいいな！」

アビゲイル王女の提案はクラーク様のお気に召すものだったらしい。

いや違う！　アビゲイル王女！　そこは一緒に選ぶところじゃないんだよ！

今が一番今まででいい雰囲気だけど、そういうのでいい雰囲気になってもあなたの求める疑似恋愛体験にならないいんじゃない!?

そう突っ込みたいけどあまりに二人がほのぼのとしてるから突っ込みにくい。

「あれは本来あなたの役割だったんじゃ？」

「おかしい。どうしてレティシア妃に似合う生地でいい雰囲気になるんだ？　さっぱりわからない」

それに関しては私もわからない。

「女心……わからない……」

ネイサン王太子がブツブツ呟いている。

「ドレスの生地だけじゃなくて、肩かけの生地も選ばないと！　忙しくなるわ！　そして舞い込め金！」

ブリっ子の目が先ほどよりギラギラしている。結婚しても彼女の商売根性は尽きなそうだ。

「ちょっと参考になるかと思って作っておいた仮のドレスがあるので、こちらも皆さんの意見聞きたいのだけど……リリーさん！」

ブリっ子が声をかけると、どこから現れたのか、リリーがさっとトルソーにかかったドレスを持って現れた。一着、二着、三着……とリリーが手早く並べていく。

「こちらでございますね？」

「さすがリリーさん、仕事が早い！」

ブリっ子に褒められて、リリーがどこか嬉しそうだ。

おかしい、私もいつもリリーのこと褒めていたのにこんな反応をもらったことはない。どうしてリリー！　はっ、もしかして、私だけ特別ってこと⁉

「何か勘違いした視線を感じます」

「無視が一番よリリーさん」

「そういたします」

リリーが鳥肌の立った腕を摩りながら退室していった。

そして残ったのはトルソーにかかった五着ほどのドレスだ。

「わあー！　実際にできているのを見るとまた雰囲気出るわね！」

「そうでしょうそうでしょう！　ちなみにこれはうちの国の気候に合わせた生地で作ったものたちね」

デザインこそ、王妃様と着たアビゲイル王女のドレスに近いが、生地が変わるだけでやはりだいぶ印象が違う。

「生地が違うだけでこんなに変わるのね」

「そうなのよ。だから服作りでは生地も大事なのよね」

服作りに詳しいブリっ子がドレスを見ながら言った。

「これなら絶対成功するわね！　私も着たいと思うもの！」

「そうよね！　この国で育った私たちがそう思うんだから、他の人たちも受け入れてくれると思うわ」

それで、とブリっ子が続けた。

「既製品ドレスと、生地を選べるオーダーメイドドレスにするのはどうかと思って」

ブリっ子が説明する。

「既製品ドレスは、同じデザインを大量生産するの。シーズンごとに種類を変えて、定期的に新しいデザインも出してやっていけば、客も飽きずに買い続けてくれると思う」

いいアイディアだと思いながら、耳を傾ける。

「そしてオーダーメイドドレス！　こちらは既製品より高いけど、自分で生地を選んで、自分だけのドレスを作ることが可能！　人と同じものを着たくない貴族とかこぞって買いにくると思うわ！」

輝いた表情で事業計画を話すブリっ子は、実に生き生きとしていた。私たちは彼女に拍手を送る。

「おおー！　すごい！　それいいわね！」

「ふふん、もっと天才と褒めてくれていいのよ」

ブリっ子が自慢げに鼻の下を人差し指で擦った。

そこで、今まで黙っていたルイ王子が口を開いた。

「これ男の服はないのか？」

ルイ王子の突然の発言にみんなが目を瞬かせた。

「男の服」

「ああ。女性服も独特なら男性の服もこの国と違うんじゃないかと思って」

どうなんだろう……。

私たちは一斉にアビゲイル王女を見る。

「ありますわよ、男性服も」

「やっぱり！　なあ、男性服も作らないか？　僕も見ているだけじゃなくて着てみたい」

ルイ王子がブリっ子に提案する。

「そうね。どうせならドレスとセットで売り出したいところではあるけれど……ただ」

「ただ？」

「実物がないと難しいかも」

ブリっ子も本物を見たことがない。そうなると、聞いたものを想像で作ることになる。

そうすると作る上での失敗のリスクも高くなり、それはできれば避けたいだろう。

「実物ありますわよ」

アビゲイル王女がケロッとして言う。

「騎士の一人が持ってきておりますの。今度こちらにお持ちしますわ」

「ありがとうございます！　アビゲイル王女！」

ブリっ子が嬉しそうにアビゲイル王女の手をぎゅっと握る。

「これで男女両方販売できる！　ラッキーだわ！」

ブリッ子はさらに稼げることを想像して涎《よだれ》を垂らしそうな勢いだ。

しかし、私たちが見ていることに気づくと、こほんと咳払いをして、いつものブリっ子に戻った。

「ドレス作りなどはこの感じでいく予定だけど、まだ大事なことが残っているわ」

大事なこと？　なんだろう。もうほとんど決まった気がするのに、何があっただろうか。

「宣伝よ！」

ブリっ子がトルソーを軽く叩く。

「広告出すんじゃないの？」

「もちろん出すわよ。チラシに新聞、看板とかいろいろ。でもそれより一番宣伝になるものがあるのよ」

ブリっ子が私を見てにやりと笑った。

「レティシア、あんたが着て歩くことよ」

「え!?　私!?」

私は自分を指さした。

「そうよ。王族の女性がこのドレスを着ることほどいい宣伝はないわ。きっと着ているのを見たらみんなこう思うもの。『同じような服を着てみたい！』って」

なるかな、そんなの……。

私の考えが顔に出ていたのか、ブリっ子が再びトルソーを叩いた。

「あんた自覚ないみたいだけどね。人気なのよ。王太子妃って人気なのよ。わかる？」

「う、うん」

「憧れの人が着ている服は着てみたくなるの。わかる？」

「う、うん……」

なんだろう。子供に伝えるように丁寧に説明されている。

「あ、もちろん王女様も大人気だから、さっき言ったように、アビゲイル王女殿下もここにいる間と、帰国したあとよろしくお願いします」

「あ、はい」

ブリっ子が手をすりすりしながらアビゲイル王女にお願いしている。

「あと男性陣！」

ブリッ子が男たちをビシッと指さす。

「あなたたちも宣伝に協力してもらうからよろしくね！」

男性陣は別に反対もないようで頷いた。

「これで大体あなたたちにできることはお願いできたから、あとは出来上がるのを楽しみにしてて。広告塔だからいいもの作るわよ！」

ブリっ子が燃えている。

「ああ、楽しみだわ……舞い込む大金……」

ブリっ子が未来を思い描いてうっとりしている。

「ええっと、兄様」

「なんだ」

ブリっ子の独壇場で発言せず見守っていた兄に声をかける。

「あの金の亡者みたいなブリっ子のどこに惚れたの？」

「全部だ」

即答だった。

幸せそうで何よりだね。

◇◇◇

「ドレス楽しみですわね」

アビゲイル王女がはしゃいでいる。可愛い。

アビゲイル王女から、自分の部屋に泊まらないかと提案され、二人でアビゲイル王女の部屋で過ごすことになった。

ちなみにブリっ子も誘ったけど「忙しい」と断られた。今ドレス事業に興奮しているようだしやることがいっぱいありそうだから、応援だけしておいた。

「わたくしの国は保守的で、あまり新しい文化というものを受け入れないのですけれど、あれなら元のドレスの生地を変えているだけだから、きっと受け入れてもらえますわ！」

アビゲイル王女は自国でドレスが流行るのを想像しているのか、少し遠くを見つめている。

「毎回アスタールからドレスを配達すると、配送などのコストがかかるので、そのうちうちの国でも工場を構える考えなのですって！」

アビゲイル王女がほう、と息をついた。

「ブリアナ様は自立した大人の女性ですわね」

確かにブリっ子は自分でキビキビ動き、地に足をつけた、芯のある女性である。この国でもまだあそこまで女の身であれこれする人間は珍しいし、私もすごいなと感心する。

私が自慢できるの、逃げ足だけだからな。

「憧れる？」

「ええ。とても」

アビゲイル王女がため息をついた。

「先ほど言ったように、うちの国は保守的なんです……。女性は家に入るのが当たり前、あまり出しゃばらないのが美学とされています」

「え、古っ」

「そうですわよね!?」

アビゲイル王女が嬉しそうに食いついた。

「そうなんです！　古いんです！　だからわたくしあまり自由にできたことなくて……この留学が初めての反抗だったんです」

「もしかして留学反対されたの？」

「それはもう」

アビゲイル王女がそのときを思い出すように斜め上を見上げる。

「婚約もするんだからそんなことをする必要ない。女性は大人しくしているのが一番だって。でもデルバランがいろいろな文化を取り入れている先進的な国であることを理由に『あそこに嫁ぐならいろいろな文化を知らないといけない』という口実でここに来ることができました」

「おお……頑張ったね……」

王族の留学は珍しいことじゃない。他国文化を取り入れたほうが国が栄えるし、経済も安定するからだ。だけど反対されるということは、アビゲイル王女の国にとって、そんなことより、大人しく自国で過ごすことが重視されるのだろう。

「アビゲイル王女がちょっと自信なさげなのは、その閉鎖的な国の環境が関係してるの？」

「え……そうでした？」

「そうだよ。プレゼントって言われても素直に受け取らなかったり、いろいろ気を遣ったり……もっと自信持っていいと思うよ」

「自信……」

「アビゲイル王女可愛いし、真面目ないい子だもん」

「そ、そうですか？」

アビゲイル王女が照れくさそうにする。

「うん。だから国がどうかは知らないけど、あなたは素敵な女の子ってこと自覚してほしい」

「……」

アビゲイル王女がぎゅっと枕を抱えた。

「わたくし、あなたのことを誤解していました」

「誤解？」

「いろいろなものを享受《きょうじゅ》しているだけの幸せな女性だと」

その通りだけどわりとはっきり言うな、アビゲイル王女。

「でもそうじゃないですよね。その前段階があるんですもの。聞きましたわ。妃教育がとても厳しかったと」

アビゲイル王女に言われて、今までの妃教育のことが走馬灯のように頭に流れた。

ああ、つらかった妃教育……。

私よく耐えたな、ブリっ子とか速攻で音《ね》を上げていたもんな……。

「幸せになるための苦労があるんですわね」

アビゲイル王女が急に黙り込んだ。

「アビゲイル王女？」

私は不安になって声をかける。体調が悪くなったのだろうか。しかし彼女はパッと顔を上げると決意に満ちた表情を浮かべた。

「わたくしも、悔いのないように努力しようと思います」

お、これはもしかして……！

私は期待して胸を高鳴らせた。

「これからクラーク殿下にさらに猛アタックを始めます！」

「あ、そっち!?」

てっきり婚約者であるネイサン王太子と仲良くなるために努力するのかと思った。

「ネイサン王太子のこと、そんなにいや？」

「いやですわ」

プイッとアビゲイル王女が拗《す》ねたように顔を背けた。

「あんなおっぱい星人のおじさん嫌いです」

おじさんもおっぱい星人も本当のことだからフォローしにくいな……。

「でもあの人、誰ともお付き合いしたことないらしいよ？」

「え？　あの歳で？　王太子で？　なぜ？」

「いや、なんか婚約者でもない女性とお付き合いするわけにはいかないだろうって」

アビゲイル王女は少し混乱し始めている。

「え？　それならなぜわたくしのことは恋人扱いではないんですの？　ブリアナ様にはあんなに熱烈なのに」

やっぱりフォローしにくい……。

「ま、まだアビゲイル王女が若いからじゃないかな？　ネイサン王太子はかなり年上だし……誰ともお付き合いしたことないから恋人のようにするというのもよくわからないのかも」

「いいえ」

私の精いっぱいのフォローはバッサリ切り捨てられた。

アビゲイル王女が手をワナワナと戦慄《わなな》かせる。

「わたくし、原因はわかっておりますの」

そしてアビゲイル王女は自分の胸に手を当てた。

「この胸！」

え、胸？

「婚約の顔合わせの際のあの人の顔！　わたくしの顔を見て、そして胸を見て、『ふーん』みたいな顔をしたんですのよ!?　人の胸を見て『ふーん』って！　そりゃわたくしにはブリアナ様のような立派な胸はありません。でもまだ成長過程で伸び代があるかもしれないのに、失礼ではありませんか!?　そう思いませんか!?　レティシア様！」
ネ、ネイサン王太子〜〜〜！
あなた嫌われるべくして嫌われているじゃないですか！

これはフォローできないぞ、フォローできない！

「だからわたくしは結婚するまでは自由にするし、あの人がどうしようと知らないんです！」

アビゲイル王女はそう言うと布団を頭から被って眠ってしまった。

「うーん」

これは二人とも前途多難そう。

◇◇◇

アビゲイル王女が息をはあはあ吐いて声出しの前準備をしている。

「ク、クラークしゃま」

噛んだ。可愛い。

アビゲイル王女は恥ずかしそうに顔を俯かせた。

「ク、クラーク様、ごきげんよう」

「ああ、ありがとう」

おやつの時間に現れたクラーク様に無事に挨拶ができて、アビゲイル王女は満足そうだ。

昨日再びアタック宣言を受けたわけだけど、毎回そんなに激しく迫らないんだよな、アビゲイル王女。

いや、もしかしたら本人はこれでかなりグイグイいっているつもりなのかも。

「ク、クラーク様は何かお好きなものはありま――」

「レティだね」

全部を聞かず食い気味に答えるクラーク様。

そ、そう……私なの……そう……。

思わず緩みそうな頬を頑張って釣り上げていると、アビゲイル王女が深い息をついた。

「いいですわねぇ」

「え?」

今までと少し違う反応に私は驚く。今まで「いいですわね」と言っていてもちょっと寂しさというか、切なさというか、そういったものが混じっていたのに、今は心底憧れに近い声音だった。

「わたくしもこんな熱烈に思われてみたいですわ。これだけ毎日愛情をまっすぐに伝えられたら幸せですわね、レティシア様」

「そ、そうかな……へへ……」

照れくさいし、気まずくて引きつった笑みになってしまう。

どうしたんだろう。今までは「いいな、ずるいな」という視線を感じ取っていたのに、今はそれがない。ただただ憧れに近い視線を向けられている。

あ、もしかして！

「私がお友達枠になった……？」

小声で呟く。

これが一番ありえる。今までは初恋の人の奥さんというカテゴリーにいた人間が、今はお友達ポジション。昨日お泊りしたからだろうか。どちらにしても、いい反応で嬉しい。

友達というカテゴリーに入ったら、いろいろ好意的に見えるタイプなのだろう。

それに引き換え、どんどんテンションが下がっていく男がいる。ネイサン王太子だ。

彼はアビゲイル王女の発言を聞くたびに落ち込んで、ケーキの載っている皿をツンツン突いている。いや、早く食べなよ。

「あ、それで好きなものですけど、レティシア様以外でお願いします」

「え……レティ以外？」

「はい」

「………」

クラーク様は困ったように腕を組んで考え始めた。

「………」

「…………」

「…………」

長い。考える時間が長すぎる。

「あ、あのー……」

「ちょっと待ってね」

そう言われたら待たなければいけない。私たちは目配せして先におやつを食べることにする。

クラーク様はまだ考えていたけど、しばらくすると、やっと見つけた！　という子供のような表情をした。

「恋愛小説だ！」

「れ、恋愛小説ですか？」

意外すぎる答えにアビゲイル王女は戸惑いを隠せないようだ。

「うん。最近レティと一緒に読むんだよ。夫婦の共通の趣味だね」

照れくさそうにクラーク様が答える。

「いいですわね。夫婦で共通の趣味だなんて最高ではありませんか」

アビゲイル王女がうっとりとした表情をする。

「こうしてわたくしに協力してくださるのも、夫婦で信頼し合っていないとできないことですものね」

それはその通りである。

アビゲイル王女に何をされても振り向かないという自信があるから許しているのである。

あとは今回のことに関してはアビゲイル王女が悪意なく、ただ恋愛を疑似体験してみたいというだけだから許可してるのだ。

そうでなければ、たとえ相手に振り向く可能性がなくても、奪ってやるという気持ちの相手に寄ってこられるのはいい気がしないし、相手が何をしでかすかわからないからこちらも対策をするはずだ。

「お、俺も……っ」

ネイサン王太子が会話に入ってきた。しかし、困ったように固まって頬を掻く。

「俺趣味あったかな……」

「……………」

「待て待て待てあるあるある！」

アビゲイル王女の冷めた視線を感じ取ったネイサン王太子が懸命に頭を捻る。

「趣味……なんだ趣味……俺の好きなもの……おっぱい……いや、他に……おっぱい……いや……」

ネイサン王太子がクッ、と唇を噛み締めた。

「おっぱいです！」

「他になかったの⁉」

それだけ考えておっぱいしか出てこないって筋金入りの胸好きじゃないか！

というか、好感度をさらに下げるだけの回答だが⁉

「へえ。そうですの」

アビゲイル王女の背後から吹雪でも吹いているかと錯覚しそうなほど、彼女は冷たい視線をネイサン王太子に返した。

「どうぞ、これからもお好きなだけ大好きなお胸を追いかけてくださいな。わたくしもこうして好きにさせていただいておりますもの。婚約中は文句言いませんわよ」

アビゲイル王女からの浮気オーケー発言に度肝を抜かれる。

ネイサン王太子もまずいと思ったのか慌てて言い繕った。

「違うんだ。確かに胸は好きだ。だが芸術的な好きであって、必ず胸が大きい女性に心が惹かれるわけではないんだ。だから俺は結婚相手の胸の大きさなどどうでもいい」

「……本当ですの？」

ネイサン王太子の言葉に、アビゲイル王女が反応を示した。いいぞ！　頑張れネイサン王太子！

「もちろんだ！　それに……」

彼もいけると思ったのか、さらに言葉を続けた。

「育てる楽しみもある！」

このときのアビゲイル王女の顔をどう例えたらいいのか、私には一生答えが出そうにない。

とにかくネイサン王太子の発言に見事にアビゲイル王女は怒髪天《どはってん》を衝《つ》いた。

「もうこの男と同じ空気は吸いたくありません！」

アビゲイル王女は立ち上がってすごい速さで駆けていく。

「アビゲイル王女！」

私も彼女のあとを追おうと立ち上がると、ネイサン王太子とクラーク様も立ち上がっていた。

「二人が来るとややこしくなるのでここにいてください！」

特にネイサン王太子。絶対今は追わないで！

私は慌てて彼女を追いかけるが、足にそういう装置でもついているのかと思うほど彼女はスイスイと警備の兵士たちの間を駆け抜けていく。

ブリっ子も脚力すごかったけどこの子もどうなってるの!?　最近のご令嬢は脚力ないといけないの!?

「ま、はあ、ちょ、ま」

荒い息をつく間になんとか彼女を引き留めようと声を出すが単語にならない。苦しい。

最近脱出もサボってたから体力落ちてるのよ！

そしてついにアビゲイル王女は――王城の門から出てしまった。

「あ――――！」

叫ぶが彼女は止まらない。王城の門番二人がオロオロしている。

「ちょっと、どうして引き留めないの！」

門番を叱ると、彼らは申し訳なさそうに肩を落とした。

「す、すみません……外から何か来るならまだしも、まさか王城の中からあんな速さで人が飛び出してくるとは思わなくて……」

「俺も……」

今日に限って新人だったのだろう。若い二人が落ち込んでいるのを見ると、こちらが悪いことをした気分になるが、これぱかりはきちんと言っておかなければ。

「マティアス様が飛び出しちゃう可能性もあるんだから、今後はしっかり見張るように！」

「「はっ！」」

二人がビシッと敬礼したのを見て、私は門の向こうを見た。

そこにはすでにアビゲイル王女の姿はない。

「どうしよう……」

護衛も何も連れずに行ってしまった。アビゲイル王女は当然ドレスを着ている。一目で金持ちとわかるのに、護衛なし。おそらく訳ありお嬢様の家出だと思われるだろう。

そうなると悪い輩《やから》に目をつけられてしまう可能性がある。家出少女などいい標的だからだ。

「私が……」

「レティシア様も行くなら我らも」

そうなりますよね。

でも兵士をぞろぞろ引き連れて歩くと一目で王太子妃だとバレてしまう。かと言って護衛達に変装してもらうのは時間がかかりすぎる。

「いえ、やはり私が行かないほうがいいわよね」

私はすごすごと門から離れ、自室に戻る。

そしてクローゼットにしまってある町娘スタイルにささっと着替える。

「ふう、やっぱりしっくりくるわね」

久々に着たが動きやすくていい。ずっと町娘スタイルがいい。

あ、でもアビゲイル王女と作っているドレスができたら、あれを着ればだいぶ生活しやすくなるわね。

私は念のため、アビゲイル王女を探しに行く、夜には戻るというメモを残しておく。たぶん大丈夫だと思うけど、もしトラブルがあっても、これで帰りが遅ければ、誰かが探しにきてくれるはず。

「よっと」

私は窓を開けて木に飛び移る。

本来ならこの辺りにも見張りがいたのだが、アビゲイル王女の住んでいる離宮に人員を割いているため、私のほうはだいぶ手薄になっている。客人がいる間ぐらい大人しくしていると思われているのだろう。実際大人しくしてた。

今この瞬間まではね！

私はひょいひょい木を飛び移り、王城の見張りがいない門に辿り着いた。その門の上にトンッと飛び移ると、警備がついてきていないことを確認してから、町のほうに向かう。

歩いても誰も気に留めないところを見ると、うまく町娘になりきれているようだ。

私は辺りをキョロキョロと見回す。

「もう王城周りにはいないかしらね……」

何せ足があれだけ速いのだ。探すならここより町中だろう。

「どうかアビゲイル王女が変な人に捕まっていませんように！」

祈りながら町の中心部に向かった。

相変わらず城下町はにぎわっている。人々が多く行き交い、ドレスを着て目立つとはいえ、探すのはなかなか骨が折れるかもしれない。

あんな飛び出し方だったし、大勢で探したら思春期の女の子には恥ずかしいだろうと思って私が探しに来たけど、多少時間がかかってもいいから兵士たちを連れて捜索するべきだった？

でもその間に危険な目に遭っているかもしれないし……。

とりあえずアビゲイル王女の行きそうなところを探そう。彼女がもし行くとしたらどこだろう……。

「雑貨屋？　喫茶店？　いや、異国に来ているんだからお土産屋さんとか？」

ブツブツ呟きながら歩いていると、ふとある看板が目に入った。

「本屋……」

まさかと思って私は中に入る。

「この国にはいろんな本があるんですわね」

「そうだねえ。デルバラン王国の影響もあって最近はより多様なものが出回るようになったねぇ」

アビゲイル王女がのんきに店主らしい老婆と会話をしていた。

「アビゲイル王女……」

「レ、レティシア様……!?　どうしてここに!?」

「それはこちらのセリフよ……どうして本屋に？」

だって、とアビゲイル王女が言う。

「クラーク様が恋愛小説が趣味だと言ったでしょう？　相手が好きなものをプレゼントするのもいいかなと思いまして」

まさかのクラーク様へのプレゼント攻撃だった。

「クラーク様は王子様と少女がくっつく話が好きよ」

「まあ、そうなんですの!?　おばあさん、そういう話ありまして？」

アビゲイル王女が老婆に訊ねると、老婆が彼女にそういった本がある場所へ案内する。

私はそれについていった。

「あら、結構多いんですのね」

「王子と少女ってテーマは王道だからね」

本棚を一通り眺めると、ふんっ、とアビゲイル王女が気合を入れる。

「必ず喜んでもらえるものを選んでみせますわ！」

やる気に満ちた彼女は、本の裏に書いてるあらすじなどを読んで真剣に探し始めた。

待っている間暇なので、私も本を物色することにする。私はいくつか本を見繕うと、それを購入した。

袋を持ってアビゲイル王女を見ると、まだどれにするか悩んでいた。

「決まった？」

「ずっとあらすじを読んでいたら、どれがいいのかわけがわからなくなってきてしまいました……」

選択肢が多すぎるとそうなってしまうよね。

私はアビゲイル王女が悩んでいる本の中から、一冊を手に取った。

「クラーク様、前にこの作者の作品絶賛してたわよ」

「それなら間違いありませんわね！」

アビゲイル王女は明るい顔になってお会計に向かった。しかしすぐに「あっ！」と大きな声を出した。

アビゲイル王女のほうを見ると、彼女はとても申し訳なさそうに「お金を貸してくださ
い……」と小さく呟いた。

そうか、勢いで飛び出したから現金を持っていないのだ。

私はアビゲイル王女の分の本も支払った。

「ごめんなさい、あとで返しますわ……」

「大した金額じゃないから気にしないで」

私が断ると、アビゲイル王女は首を横に激しく振った。

「いいえ！　プレゼントというのは己のお金で買ったものでないと意味がないのです！」

「そ、それは確かにそうね！」

人から借りたお金でプレゼントを買ってもあげた気分にはならないだろう。

アビゲイル王女のためにもあとでお金を受け取ろう。

そう心に決めながら外に出ると、目の前に三人のいかつい男たちが立っていた。

「おお、本当にお金持ちのお嬢さんがいたぞ」

「普通の女もいるけど召使いかな？」

「とりあえずこいつも連れていくか」

アビゲイル王女、すでに危ない輩に目をつけられていたらしい。

私は両手を上げて、降参のポーズを取った。

◇◇◇

いた。


「捕まってしまいましたわ」

「捕まってしまったわね」

どこかの倉庫らしいところに連れてこられた私たちは、腕を前に縛られ、途方に暮れて
「わたくしのせいですわね。軽はずみな行動をしたから……」

アビゲイル王女が落ち込んで目に涙を浮かべる。

「それを言うなら、私もやはり護衛を連れて来るべきだったわ」

目立つのもあれだし、準備している間に何かあったらと思って自分で探しに来たけど、やはりもっと考えて行動するべきだった。

「目隠しされて連れてこられたから、どこの倉庫かもわかりませんしね」

「どこかわかっても連絡手段もないし」

残念ながら暗号にして届けるとか、超能力が使えるとかでもないので、私たちがここにいることを伝える手立てがない。

「口を塞がれなかったのと、手が前に縛られているのはよかったわね」

「後ろで縛ってこようとしたけど、痛いって言ったらやめてくれましたわね」

こちらにあまり乱暴しようという考えはなさそうな犯人たちだ。

お金持ちに恨みがある、とかの動機ではなく、単純な身代金目的の犯行かもしれない。

「口が利けるのもいいわよね。こういうとき、お互い口が利けないとさらに不安になるもの」

「わたくし、人間って会話で心を落ち着かせているのだなと今実感しております」

手が不自由でしゃべれない状態で視野だけ自由だと、より一層恐ろしさが増していた気がする。

倉庫の窓を見ると、もう夜になっていた。

「あとで本は返してもらえるでしょうか」

手を縛られたときに私たちの所持品は取り上げられてしまった。といってもアビゲイル王女は本だけ。私も本とお財布だけしか持っていなかったけれど。

「犯人たちは持ってても仕方ないしね。目的が果たされたらきっと返してくれるんじゃない？」

逆に恋愛小説わざわざ取り上げなくてもよかったんじゃないかなと思うけど、荷物に何があるかわからないからとりあえず持っていったんだな。本は紙袋に入ってて中身見えなかったし。

「お前たちこの状況下で普通に会話してるのすごいな……」

見張り役としてそばに座っている、三人組の中の一人が引いた顔をしている。

「他にできることもないし」

「殺されはしなさそうかなと思いまして」

アビゲイル王女と私が答えると、男はやはり引いた顔をしていた。

「いやそうだとしても普通こんなに落ち着ていないもんだぜ……お前たち普段どんな生活してるんだよ……誘拐が日常茶飯事なのかよ？」

「わたくしは一度もありません」

「私は二回目」

「あるのかよ！」

ルイ王子に一回攫《さら》われたので。

「しかもお嬢様のほうじゃなくて召使いのほうかよ！」

私のことを召使いだと思い込んでいる男が突っ込みを入れる。勘違いされていたほうが安全なので、そのまま訂正しないでおく。

「こういうとき、それこそ恋愛小説の中だったら颯爽《さっそう》と助けが現れるのでしょうけれど」

「ここは現実だからねぇ。すぐに来てくれたらラッキーって感じじゃない？」

「もう少し緊張感は持ってほしいな俺は」

誘拐犯の言葉はスルーする。

せっかくアビゲイル王女と二人――犯人がいるが関係ないので二人とする――でいるので、訊きたかったことを訊いておこう。

「クラーク様と接してて楽しかった？」

そんなことを訊かれると思っていなかったアビゲイル王女は、声が少し上ずった。

「見てたら、クラーク様にアタックしなきゃという義務感で頑張っていたように思えて、あまりクラーク様と一緒にいること自体を楽しんでいるようには思えなかったんだよね」

「………」

アビゲイル王女が少し逡巡したあと、口を開いた。

「確かにたぶん、仰る通りですわ」

アビゲイル王女は素直に認めた。

「わたくし、ただ悔しかっただけなんですわ。あの人は他の女性に目を向けるのに、私だけ恋も知らないうちに、あの人と結婚するのかと思って……」

アビゲイル王女が静かに話す。

「でもクラーク様とレティシア様を見ていると思いました。恋はきちんと気持ちが伴っているから楽しいのであって、初恋と言えど、今わたくしはおそらくクラーク様に恋しているとは言えない状態で、疑似恋愛体験しようとしても、何も満たされないのですわね。わりと早くそれがわかっていたのに、わたくしも意固地になってしまいました」

アビゲイル王女が自嘲する。

「もう終わりにします。いい加減、大人しくしないと」

「アビゲイルお……」

そこまで言って私は咳をした。いけないいけない！　彼女が王女だということをバラしちゃうところだった。できれば私たちの身元はバレないほうがいい。

慌てて口を閉じた私に、アビゲイル王女が笑う。

「わたくし、この国に来れてよかったですわ。貴重な体験ができましたし、あなたとお友達になれましたもの」

アビゲイル王女の言葉が胸にじんと染みた。

「アビゲイル様。恋をするのは今からでも遅くないわよ！」

「え？」

アビゲイル王女が目を瞬かせる。

「あなたには婚約者がいるじゃない。彼に恋をしたらいいのよ」

アビゲイル王女の表情が一気に曇った。

「あれと？　恋愛を？」

アビゲイル王女の言いたいこともわかる。今おそらく好感度ゼロの男と恋愛しろと言われてもピンとこないだろう。

「アビゲイル様はネイサンお――ごほん。ネイサン様のこと、どれぐらい知っています？」

アビゲイル王女はどういう意図の質問か不思議そうにしながらも答えてくれた。

「えっと、女性の胸が好きで、おう――こほん。地位が高いこと、ですわね」

「他には？」

さらに訊ねられると思っていなかったのか、アビゲイル王女は戸惑いながらも答えを探し、けれど何も出てこなくて口ごもった。

「ね、知らないでしょう？」

アビゲイル王女が俯く。

「たぶん、アビゲイル様、あまり彼と交流もしてないでしょう？　お互い住んでいるところが遠いし、そうそう話す機会があるとは思えないもの」

「…………」

「だからより一層周りからの評価でネイサン様を推し量ってしまったのでは？」

アビゲイル王女がハッとして顔を上げた。

「わたくし……もしかしたら偏見を持って彼を見ていたかもしれません」

「そうね」

「彼の内面を気にしたことはなかったですわ」

アビゲイル王女が地面に直接座った足をもじもじさせる。

「わたくし、彼のことを最低な人間のように言っていましたが、人のこと言えませんわね。勝手に決めつけて嫌っていました。胸が好きという一面でしか彼を見ていなかったです」

私もだが、ネイサン王太子は、胸が好きというそのインパクトが大きすぎて、彼自身について あまり知らない。しかし、彼がこの国で暮らし始めてから、嫌な人だなとは感じなかった。

彼はアビゲイル王女の行動を認めてあげていたし、優しさもあった。人のことを考えられる人間なのだろう。

それはまさに彼の長所なのではないだろうか。

「そう……はじめから相手に向き合うことをあきらめてはいけなかったですわね」

「ええ。欠点があっても、それがその人のすべてではないもの」

アビゲイル王女が、憑《つ》き物が落ちたように、晴れやかな顔になった。

「なんだかすっきりしました。本当にこの国に来てよかったですわ」

アビゲイル王女の表情を見て、私も思わず笑みを浮かべる。

「いや、ないわ。どういう神経してるの？　この状況で恋愛話する？　今のどう聞いても恋愛話だったよな？　どういうこと？　もう一度言うけどどういう神経してるの？」

誘拐犯の一人がそんなことを言っているけれど聞こえないフリをする。

「あとクラーク様もあれで欠点あるのよ」

「え!?　レティシア様のこと大好き以外に!?」

それ欠点なんだ……。

誘拐犯の一人が「無視？」「普通無視する？」「恐怖心ないのかこの女たち」と呟いているのをやはり無視してアビゲイル王女に向き直る。

「実はね……」

とクラーク様の欠点を話そうとしたが、ドカンッ！　と大きな音が鳴り響いて言葉を遮られた。

「な、なんだ⁉」

「爆発ね」

「爆発ですわね」

「だからなんでお前たちはそんな冷静なんだぁ！」

倉庫の外からいろいろな音がしだしたと思うと、急にシーンとなり、男が不安そうにする。

「音が止んだんだけど怖い。何が起こってるの」

「強面《こわもて》のくせに情けないわね」

「何もできないんだからビビるだけ無駄ですわよ」

「だからなんで驚かないのぉ⁉」

男が叫ぶと同時に倉庫の扉が開いた。

「ひっ」

男が私たちの後ろに隠れた。

「レティ！」

現れたのは予測はしていたが、クラーク様だった。

「置き手紙に夜までには帰るってあったのに帰って来ないから迎えに来たんだ」

「置き手紙気づいてもらえてよかったです」

急いでいたけど手紙置いてきてよかった。

クラーク様の後ろから兵士たちとともにネイサン王太子が顔を出した。誘拐犯の残りの二人の頭を両脇に挟み締め上げている。

「く、苦しい」

「た、助けて」

男たちが助けを求めるが、もちろん誰も助けてくれる人はいない。

「アビゲイル王女、無事か⁉」

ネイサン王太子がアビゲイル王女を見つけて、男たちを床に落とした。男たちから「ぐえっ」といううめき声が上がる。

ネイサン王太子はアビゲイル王女のもとに向かったが、その後ろで怯える男に気づくと顔を険しくする。

「おのれ！　か弱い女性を人質に取るなど卑怯だぞ！」

「え⁉　い、いや俺人質に取ってなんて……！」

男は怯えて隠れただけで、私たちを人質としようなどと思っていなかったのだろう。慌てて言い訳をしていたが、この状況でその言い訳が通用しようはずもなかった。

「問答無用！」

「へぶっ」

ネイサン王太子が男の顔面に拳を入れる。

そのまま男は後ろに倒れ、ノックアウトされてしまった。

先ほど他の男たちを締め上げていたことといい、もしかしてネイサン王太子って結構武闘派……？

「ネイサン兄上の趣味は武術だ」

「わあ！　いたの⁉」

クラーク様に縄を解いてもらっていると、いつのまにか私の隣にルイ王子が並んでいた。

「お前も手伝えと駆り出された。おそらく僕は必要なかった」

「私はもっと必要なかったですよ。せっかくくつろいでいたのに」

ライルが不満そうだ。くつろいでいたのは本当なのだろう。だってライルもルイ王子もパジャマ姿だ。

「急ぎで着替える時間もなかった。マリアに見られたら泣く」

たぶんルイ王子がパジャマだろうがなんだろうが、マリアは興味ないんじゃないかなぁ。

かわいそうだからそれは口にせず、私は「ネイサン王太子って武術やってたの？」と訊ねた。

「ああ。もともと我が王家は身体を鍛えることが好きな人間が多いんだ。父上も今は年老いてあんなだが、昔は槍術の名人だったんだぞ」

「へえー」

そういえば、ルイ王子の二番目の兄のデイルさんも、マッチョな冒険家だったな。

「我が王家、と言うわりにルイ王子はそうは見えないんだけど」

ルイ王子の筋肉のなさそうな身体を見る。

「僕はニール叔父上に似たんだ！　筋肉よりこの美しさで勝負なんだ！」

むきになっているルイ王子を相手にしていると、外から「兄さん！」という声が聞こえた。

「兄さん！　どうか兄さんを許してあげて！」

「馬鹿！　来るな！」

床に伸びていた三人の男が、兄さん、と呼ぶ声に反応して起き上がった。

声のほうを向くと、そこにはまだ幼い男の子がいた。

男の子は倉庫の中に入ってくると、男たちの前に立ち塞がった。

「僕のせいなんです！　ごめんなさい！」

そのまま腰を曲げて男の子が頭を下げる。

「どういうことだ？」

まだ誘拐犯たちに技をかけようとしていたネイサン王太子が、男の子に訊ねる。

「僕、病気で、手術にはお金がかかるんだ。だから兄さんたちはそのために……」

「こ、こいつは関係ねぇ！　俺たちが勝手にやったんだ！」

「そうだ！　金持ちからお金もらって手術させてやろうと思っただけで、女の子たちは無事に返す予定だったし、それにこいつは一切関わってねぇ！」

「おい、馬鹿！　理由を言ったら関わってることになるだろう！　バラすんじゃねぇ！」

男の子が兄さん、と言っていたことを考えると、おそらくこの男たちは兄弟なのだろう。

よく見てみれば確かにみんな顔が似ている。

「こいつの手術代がなくて、なんとかしてやりたかったんだ……申し訳ねぇ！　でもこいつは関係ないんだ！　俺たちだけ罰してくれ！」

一番年上に見える、おそらく長男だろう男が地面に頭をつけて懇願する。他の二人もそれに続いて頭を地面につけた。ちなみに私たちと話していた男はわりと若いからおそらく三男だろう。

「……いくらなんでもまったくの罰なしとはいかないんだ」

クラーク様が申し訳なさそうに告げ、兄弟たちがぎゅっと目を閉じる。

「誰を誘拐したかも知らないようだし、誘拐も衝動的なもののようだし、誘拐の理由も情状酌量の余地があるから、一か月ほど、無償労働が無難《ぶなん》かな」

「！」

兄弟たちがバッと顔を上げる。

「ゆ、許してくれるのか……？」

「レティがそうしてほしそうだからね」

クラーク様が私を見る。口にしていないのになぜわかったのだろう。

私は男たちに近づく。

「ねえ、私たちの荷物は？」

「あ、あそこに……」

長男の指さすほうを見ると、買った本が入った紙袋と、私の財布を見つけた。

私はアビゲイル王女に彼女の買った本を渡し、私も自分の買った本と財布を取り戻した。

王城にいるとあまりお金も使わず、こうして出かけても少額しか使わないので、取り戻した財布の中には結構な金額が詰まっている。最近兄から私の個人資産をもらったということもあり、財布には金貨がどっさり入っていた。リリーに「重くないですか？　どこかに預けたらいかがですか？」と言われるほどの金額だ。

そしてその財布を三男の前に落とす。

「あー落としちゃったなぁ。でももう家に帰るしいらないなぁ。中身もあげてもいいなぁ」

ちょっと棒読みすぎただろうか。

三男を見ると、ぽかんとしてこちらを見ていた。次男に突かれて、ハッとして財布を拾い上げる。

「あ、あの……どうぞ」

「ちがーう！」

誘拐犯なのにいい人！

まったく通じていなかったので、私はもう一度、もっとわかりやすく伝える。

「私は今、これを、ここに落として、その中身はいらないって言ってるの！　わかる？」

あくまで落とした体《てい》でいかなければいけない。いくらかわいそうでも、彼らは罪を犯したのだ。そんな彼らにお金をあげるなど、道理が通らない。だから、いらないものを拾われたとしなければいけないのだ。

ようやく理解した三男が、こちらに差し出していた財布を胸に当てた。

「ありがとうございます……！　ありがとうございます……っ！」

他の兄弟もボロボロ泣きながらお礼を何度も言ってくる。

「お礼はいいから、もう誘拐なんてことしないように」

「しません～！　切羽詰まって馬鹿なことしてごめんなさい――！」

本当に切羽詰まっていたのだろう。よく見れば彼らの服もボロボロだし、大きな体のわりにはみんな痩せ細っている。弟の病気の治療のために節約していたに違いない。

もっと病気の人への支援も考えていかないといけない。

王城に戻ったらもう一仕事しなければ、と思いながらクラーク様を見ると、私は思わず「ひっ」と声を上げた。

笑顔なのに怒っているのがよくわかるクラーク様がいた。

「レティ、なんで怒ってるかわかる？」

「は、はい……勝手に王城を抜け出してごめんなさい！」

どう考えてもこれだろう。この独りよがりな行動のせいでアビゲイル王女も危険な目に遭ってしまった。申し訳ない。もっとよく考えてから行動するべきだった。

「今回のようなときでも、必ず一人は護衛をつけること。そうすればその一人が盾になったり、助けを呼びに行ったりできるから、絶対守ること」

「はい……」

反省しかない。

今回はたまたま良心的な犯人だったから無事だっただけで、これが本当の悪党に捕まっていたらこうはならなかっただろう。

最近抜け出しても何もない状況に慣れて平和ボケしすぎた。常に危険と隣合わせと思って行動するようにしなければ。

「無事でよかった」

クラーク様が私をそっと抱きしめた。その身体が少し震えていて、心配をかけてしまったことがわかった。

「本当にごめんなさい……」

私はクラーク様の背中にそっと手を回した。

「おい、僕の存在を忘れるな」

「わあ！」

ヌッとルイ王子が現れた。

「必要ないのに駆り出され、マリアと僕はイチャイチャできないのに他人のイチャイチャシーンを見せられる僕の気持ちを考えろ。あと眠い。とても眠い。子供に睡眠は不可欠なんだぞ！　早寝早起きが鉄則だ！」

普段子供扱いを嫌がるくせに、こういうときは主張してくる。

だが本当に眠いのだろう。目がとろーんとしているし、いつもだったらクラーク様を恐れて私とクラーク様の間に割り込んできたりはしないはずだ。

そうか、もう夜なのだ。良い子は寝る時間だ。

ライルが申し訳なさそうにしながら私たちの前に現れた。

「すみません。ルイ殿下は健康的なお子様なので」

「早く大人になるには必要なことなんだ！　絶対マリアを落とせるかっこいい大人の男になってやるんだー！」

「中身がお子様だから無理じゃないですかね」

「お前僕が大人になってもこうだと思ってるのか!?」

「思ってますよ。絶対中身お子様のままでしょう」

「言ったな！　僕が大人になって違ったら貴族じゃなくしてやるから覚えておけよ！」

「えっ、罰重っ！　こんなちょっとした喧嘩でそんな重い罰にします？」

「する。僕はする」

「そういうところが子供なんだよなぁ」

「聞こえてるぞコラァ！」

ワイワイやり始めた主従コンビを見ながら、私はそっとクラーク様から離れた。

ルイ王子がイチャイチャとか言うから恥ずかしくなっちゃったじゃないの……！

「それよりアビゲイル王女は……!?」

私はハッとして周りを見回すと――。

「素敵……」

ほう、と熱い吐息をこぼしながら、ネイサン王太子を見つめるアビゲイル王女がいた。

え……？　熱い息……？

私はそっと本人に近づいた。

「服の上からはわからない筋肉。そしていざというときは自ら立ち向かう男らしさ……かっこいい」

語尾にハートマークがつきそうなほど、うっとりとした視線をネイサン王太子に向けていた。

「アビゲイル王女？」

「はっ！」

アビゲイル王女が私の呼びかけでこちらを向く。

「あ、あの……違うのです……」

何も違わないだろう。

「ネイサン王太子のこと、好きになりました？」

私の問いに、アビゲイル王女は顔を真っ赤に染め、こくり、と頷いた。

「あの人にあんな一面があるなんて思いませんでした。そしてわたくしがそんなにコロッと考えが変わってしまうとも思っていませんでした」

アビゲイル王女はまだ戸惑いが多い様子ながらも、チラチラとネイサン王太子を見ている。その目は完全に恋する乙女だ。

ちなみにネイサン王太子は誘拐犯の四兄弟に筋肉のつけ方指導をしている。何してるのあの人。

「それが恋ってものですよ」

私の言葉を聞いて、アビゲイル王女は胸に手を当てた。

「これが恋……そうなのですね」

そして一瞬だけクラーク様を見る。

「わたくし、どうやらクラーク様への思いは恋というより、ただの憧れだったようです」

恋と憧れの錯覚。若い女の子にはよくあることだ。

そして彼女は今初めての恋をしたのだろう。

「なら、これがアビゲイル王女の本当の初恋ですね」

「初恋……！」

アビゲイル王女が恥ずかしそうに顔を両手で挟んだ。

「婚約者が初恋っていいものですよ」

私もそうだから。

アビゲイル王女は再びネイサン王太子を見た。

「そうですわね……あ、でも……」

アビゲイル王女が顔を曇らせた。

「でもあの人、胸の大きな人が好きですわよね……」

アビゲイル王女は自身のこぢんまりとした可愛らしい胸を見る。

うわぁ！　ネイサン王太子がおっぱい好きなばかりに！

私は落ち込むアビゲイル王女を励ますために、頭を働かせた。

「ネ、ネイサン王太子言っていたじゃないですか！　育てる楽しみがあると！」

「！」

私の言葉に、アビゲイル王女の表情がパァッと明るくなった。

「そうですわね！　わたくしこれからですものね！」

前向きになったアビゲイル王女のもとに、ネイサン王太子がやってきた。

「アビゲイル王女、無事でよかった」

ネイサン王太子がアビゲイル王女に笑顔を向けると、彼女は胸を射貫《いぬ》かれたように、手で押さえ込んだ。

「はうっ」

ちょっと笑顔向けられただけでこの反応とは、アビゲイル王女は本当にネイサン王太子に惚れ込んでしまったようだ。

「だ、大丈夫か⁉　何かされたのか⁉」

ネイサン王太子がアビゲイル王女の反応におろおろして人を呼びに行きそうになっている。

「いいえ、大丈夫ですわ。持病の癪《しゃく》です」

「それは大丈夫なのか⁉　おい、誰かアビゲイル王女を診《み》てあげてくれ！」

「平気です。ちょっと頭を撫でていただければ治ります」

アビゲイル王女、さりげなく乙女なリクエストしてる。

ネイサン王太子は戸惑いながらもアビゲイル王女の頭を撫でた。アビゲイル王女が満足そうにしている。

「怖かっただろうに。守ってあげられなくてすまない」

「いいえ、わたくしが悪いのです。勝手な行動をしてしまってすみません……」

アビゲイル王女がネイサン王太子に頭を下げる。

「今までの暴言もごめんなさい。いくらなんでも、言いすぎていた部分がありました」

「え、いや、おじさんなのは確かだし……おじさん、ぐっ」

自分で言いながらネイサン王太子がダメージを負っている。

「そんなことありませんわ！」

アビゲイル王女がネイサン王太子の手を握った。

　今までは近づくのすら嫌だという様子だったアビゲイル王女からの接触に、ネイサン王太子は驚きを隠せないようだ。

「アビゲイル王女？」

「ネイサン殿下は間違いなく世界一ダンディーな殿方ですわ」

　ネイサン王太子が固まった。

「だんでぃー？」

「ええ！　もう素晴らしい肉体美でしてよ！　いえ実際見ていませんが、服の上からでもよくわかります！　男たちを簡単に伸《の》せる素晴らしき上腕二頭筋！　叩かれてもびくともしなそうな素晴らしき大胸筋！　その身体を支える素晴らしき下腿三頭筋！」

　やたら筋肉の部位に詳しい。

　まさかと思うけれど、アビゲイル王女、筋肉好きなのか……？

「男たちをボコボコにする姿はとても凛々《りり》しかったです」

「そ、そうかな」

　褒められて満更でもなさそうなネイサン王太子。

「わたくし、クラーク様へのアタックも、もうやめます」

「え？　いや、無理にやめなくていいけど。せっかくの青春だし……」

「いいえ！」

　アビゲイル王女が首を横に振る。

「クラーク様への気持ちはまったくの勘違いでした！　欠片も男性としての好意は抱いておりません！」

きっぱり言い切るアビゲイル王女に「なんだか俺が振られたような感じになってる……」とクラーク様がなんとも言えない表情をしていた。たとえクラーク様も相手を思っていなくても、こうもはっきり言われると微妙な気持ちになるよね、わかる。

アビゲイル王女は決意のこもった眼差しでネイサン王太子を射貫く。

「わたくしあなた好みの女性になりますわ！」

「え？」

「だから待っていてくださいませ」

アビゲイル王女がにこりと微笑む。

「ブリアナ様にボインになる方法を聞いてきますわ！」

そういうことじゃない！！

アビゲイル王女の言葉で、「そういえばこの子暴走する子だった……」と思い出すのだった。

あとブリっ子は体質だから聞いてもどうにもならないと思う。

「え、あ、ありがとう……？」

ネイサン王太子はいろいろ展開についていけないようだ。それもそうだろう。少し前まで自分のことを大嫌いだと言っていた人間が、いきなり好意的になったら嬉しいけれど戸惑う。

「必ずあなたに愛してもらえる女になります」

「はあ……心配しなくても、俺は結婚しても浮気なんて絶対しないけど」

「そうではなく、愛されたいのです！」

アビゲイル王女、グイグイいくなぁ。

「？　そりゃ結婚したら奥さんとして愛するけど」

そしてもしかしてだけど、ネイサン王太子まだアビゲイル王女の気持ちに気づいていないのだろうか。もうほぼほぼあなたが好きだと伝えているのに、なぜわからない。

そこまで考えて、私は思い出した。

そうだ、ネイサン王太子、恋愛経験がまったくない……！

こういう事態になったことないからわからないんだ！

アビゲイル王女がまだ何か言っているが、ネイサン王太子は的外れな返答ばかりをしていく。これ、いつ終わるのかな。

「あのー……」

そんな中、ライルがそっと手を上げた。

「ルイ王子が寝てしまったので、そろそろ帰りませんか？」

ライルの背中には、グーグー気持ちよさそうに寝ているルイ王子がいた。

◇◇◇

「帰国までにまにあってよかったー！」

ブリっ子がアビゲイル王女にドレスを差し出した。

「これ、アビゲイル王女から聞いたクレーメンの特徴を盛り込んで作った、あっちの国でも着られるドレス！　着てみて！」

アビゲイル王女の国のドレスは、飾り気があまりない、シンプルなものだった。

しかしブリっ子が作ったのは、こちら向けに作ったものと同じようにリボンがついたり、少し華やかになっている。

「この飾りのリボンとかはね、暑いことに配慮して、薄くて軽いものになってるの。ちなみに取り外し可能。汗をよく掻くだろうから、洗いやすい素材にしてあるわ。通気性もばっちりで向こうでも安心して着られると思う」

アビゲイル王女はドレスを受け取り瞳を輝かせた。

「すごいですわ！　これ頂いていいんですの？」

「もちろん。むしろ宣伝効果になるから、こちらがお礼を言いたいわ」

クレーメンでも売り出せるように、本格的に準備を開始しているらしい。もう向こうでの工場の手配も済んでいるとか。行動が早い。

「ほら、時間もないから、着替えてきて」

ブリっ子がアビゲイル王女をドレスとともに侍女に託す。

「これ動きやすくていいぞ！」

男性服、というより子供服を試着していたルイ王子が試着室から出てきた。

「おお、可愛いわね！」

「違う僕はかっこいいんだ！」

お子様がプリプリ怒り始めたが、そんな顔をしても可愛いだけである。

この国では男性は前開きの襟のあるシャツを着ることが多いが、アビゲイル王女の国では前開きは同じでも、襟がないらしい。それだけでだいぶすっきりした印象になる。

ルイ王子と同じく試着を終えた男性陣が続々と部屋に戻ってきた。

「これはなかなか機能性がよさそうだな」

兄が経営者目線で服を見ている。

「俺はいつものきっちりした服も好きだけど、こういうのもいいな」

クラーク様も満足そうだ。

「少しぴちっとしすぎている気がするな。もう少し大きくても俺はいいかも」

ネイサン王太子は、武術が趣味というだけあって、身体に筋肉がしっかりついている。

クラーク様や兄も筋肉はあるけど、三人の中ではネイサン王太子が一番がっちりしている。

今着ている服だと筋肉の盛り上がりもわかりやすいから、より比較できる。

「ああ、それアビゲイル王女のリクエストなんです」

「は？」

ネイサン王太子がなんで？　という顔をすると同時に、「キャー！」という叫び声が響いた。

「素晴らしきです……」

ドレスを着替えたアビゲイル王女が鼻を押さえながら親指を立てた。

鼻血とか出していないよね？　アビゲイル王女。

「少しぴちっとした服だと筋肉が出てまたいい……眼福《がんぷく》ですね……」

「なんだろう、ちょっと怖い」

ネイサン王太子が兄の後ろに隠れると、アビゲイル王女が切なげに「ああっ」と叫んだ。

「私の気持ちがわかったでしょう？」

「ごめんなさい、よくわかりました……」

ネイサン王太子は、かつて不躾《ぶしつけ》にブリっ子の胸を見ていた。今きっとそのときのブリっ子と同じ気持ちになっているのだろう。

「アビゲイル王女、着替えるの早かったね」

さっき着替えに行ったと思ったらもう戻ってきた。

「ええ。この形のドレスに着替えるのは慣れておりますし、何よりこの国のドレスのようにコルセットなど使わないので着替えも早く済むのがこのドレスの利点です」

「着替えが早くできるのと身体への負担軽減は大きな利点よね」

ブリっ子が商売人目線で語る。

「ありがとうございます。国のみんなも喜びますわ」

「なるべく早くそちらでも販売できるようにしますね！」

ブリっ子の頭の中はおそらく今お金で埋め尽くされている。

「そして今日のメイン！　レティシア！」

ブリっ子が私を指さす。

「そのドレスをあんたが着て歩けば宣伝効果ばっちりだから、よろしくね！」

私は今自分が着ているドレスを見る。

ドレス自体とても軽いシフォン素材でできており、重さはあまり感じない。柔らかいクリーム色に、ピンクの刺繍《ししゅう》がところどころあしらわれており、シンプルすぎない作りになっている。腰のリボンは刺繍に合わせてピンク色で全体的に柔らかく可愛らしい印象だ。

そしてドレスから丸出しの肩には、肩かけがかかっている。ドレスと色を合わせたのだろう、ピンク色の肩かけのおかげで、寒くないし、肌の露出も抑えられている。

そして何よりこのドレスを着ていて感じるのは動きやすさだ。コルセットがない分、息苦しさもない。

「いいわね、これ！」

「でしょう！　気合入れて作ったわよ！　大事な目玉の広告だもの！」

広告扱いだが、可愛いからいい。

「さあ、それを着てアビゲイル王女を送り出しましょう」

そう、今日はアビゲイル王女の帰国の日だ。

「寂しくなりますわね……」

アビゲイル王女がしんみり呟く。

私たちも寂しくて、みんな沈黙した。

「落ち込まなくても大丈夫ですよ！」

そんな中、兄とブリっ子夫婦だけ元気だった。

「でも遠いからなかなか会えないし……」

「会いやすくするわ！」

「え？」

ブリっ子がにっこり微笑む。

「考えたら、これだけクレーメンに行きにくいということは、逆に行きやすいようになる乗り物とか作ったら、大儲けよね」

交通が不便というデメリットまで商売にしてしまうその根性に、私は開いた口が塞がらない。

「でも馬車で一か月かかりますわよ？　できますの？　そんなこと」

「馬車以外の何かを作ればいいんですよ。それこそ高速の馬車のような乗り物だったり、それこそ空を飛んじゃったり！」

「ぶっ！」

ブリっ子のアイディアに、ルイ王子が笑う。

「空飛ぶ乗り物なんか聞いたことない。できるわけないだろう、そんなこと」

「あら、わからないわよ？　昔は鉄の船だって、『こんなのが浮くわけない』と馬鹿にされていたんだから、ありえないことじゃないでしょう？」

ブリっ子の反論に、ルイ王子は「うっ」と押し黙った。

「絶対作ってみせますから、楽しみにしててくださいね、アビゲイル王女！」

ブリっ子の計画を聞いて、アビゲイル王女が目を潤ませる。

「ありがとうございます……いつでも皆様に会えるようになると嬉しいですわ！」

そのとき、コンコン、と扉が叩かれた。

「アビゲイル王女殿下、お時間です」

ついに別れのときが来たようだ。

「では皆様、お見送りしていただけますか？」

私たちは頷いて、アビゲイル王女に続いて部屋を出た。

そのまま王城の外に出ると、そこはたくさんの人々で溢れ返っていた。

「王女様ー！　また来てねー！」

「王女様綺麗ー！」

「お気をつけてー」

国民にアビゲイル王女を見送りすることを通達していたので、みんな最後にアビゲイル王女を見ようと押しかけていた。出店なども並んでおり、まるでお祭りである。

ブリっ子の計画通りだ。

私たちは笑顔でみんなに手を振りながら歩く。

「あの服なんだろう？」

「ドレスかしら？　見たことないわね」

「でも素敵ね。どこで買えるのかしら？」

ブリっ子の読み通り、ドレスは好意的に受け止められている。これなら販売してもマイナスになることはないだろう。

「王太子殿下の着ている服はなんだ？」

「なんか動きやすそうでいいな！」

「ママー、僕もあれ着たい！」

男性陣の服も好評だ。人々の反応に、ブリっ子が横でにんまりするのがわかった。

人々に笑顔を振りまきながら歩き、ついにアビゲイル王女が乗る予定の馬車に到着した。

これに乗ったら本当にさようならだ。

「アビゲイル王女……」

はじめは大変だった。アビゲイル王女は私をライバル扱いしていたし、クラーク様にアタックしていたし。

でも途中から、可愛い妹のような存在になった。

私も王族の一員だ。気軽に旅行になど行ける身分ではない。次彼女と会えるのはいつになるのかわからない。

「そんな顔しないでくださいな！」

アビゲイル王女が明るく言う。

「ブリアナ様が乗り物を開発してくれると言っていますし、それに、数年したらデルバラン王国に私は嫁ぎます。そうしたら今より気軽に会える距離になりますわ」

確かにアビゲイル王女がネイサン王太子と結婚したら、クレーメンより距離は近くなる。

「そうね」

私は寂しさを押し隠して、笑みを浮かべた。

「皆様に迷惑をいっぱいおかけしました。改めて謝罪させていただきますわ。今になって思うと恥ずかしいことだらけですけれど、これも思い出として胸に刻んでいきます」

アビゲイル王女がそっと胸を押さえた。

「皆様に手紙を書きますわ。次に会うときはボンキュッボンになっていますから、楽しみにしててくださいね！」

ネイサン王太子に向けてアビゲイル王女が言い放ち、ネイサン王太子はたじたじしながら「おう……」と返事をした。この人、もしかしたら押しに弱いのかもしれない。

ついにアビゲイル王女が馬車に乗って、窓からこちらに身を乗り出す。

「ありがとうございました！　お元気で！」

アビゲイル王女が手を振りながら去っていく。それに手を振り返しながら、寂しい気持ちでいっぱいになる。

「うう……アビゲイル王女こっちに住めばいいのに」

「無茶言わないの」

ブリっ子に窘《たしな》められ、しょんぼりする。本心だけど本気じゃないもん……。

「ところで兄上の馬車は？」

ルイ王子の言葉に、全員が「は？」と返す。

「いや、は？　じゃなく。兄上アビゲイル王女と同時に帰る予定だったじゃないか。それで仕事調整して国を空けていたんじゃなかった？」

ルイ王子の話を聞いて、ネイサン王太子の顔色がみるみる悪くなる。

「わ、忘れてた……馬車手配してない……」

「え――――！」

ネイサン王太子がすっかり忘れていたので、こちらにも帰国予定が伝わっておらず、当然、アスタール王国で馬車を用意などしていない。

「ど、どうするんですか……？」

おそるおそる聞くと、ネイサン王太子は顔を引きつらせながら言った。

「もうしばらく泊めてください……」

その後、ネイサン王太子は一週間滞在し、去っていった。

そのことをのちに手紙でアビゲイル王女に伝えると、アビゲイル王女から興奮した手紙が二十枚綴《つづ》られてきたので、恋は盲目という言葉を贈ろうと思った。

本人たちが幸せならそれでいい。

番外編　恋した相手の欠点

倉庫から救助された私とアビゲイル王女は念の為怪我などがないか王宮の医者にチェックされ、無事なことが確認できたので、ようやく私の部屋でゆっくりしているところだ。

「大変でしたね！」

マリアが労《いたわ》ってくれる。心配八割、ちょっと面白い話聞きたいなというのが二割という顔をしている。

いやわかるよ。誘拐なんてそうそうされないから、本人がケロッとしてるならちょっとどんなだったか聞いてみたいよね。

まあそうそうされない誘拐というものを私はこの短い間に二回も経験しているけど。

だが聞きたいなら話してあげよう。この誘拐のプロの話を！

「えー！　お金全部あげちゃったの!?」

私の誘拐談を黙って聞いていたブリっ子が、びっくりした様子でティーカップをテーブルに置いた。

「もったいない！　あれかなり入っていたわよね!?　必要な分だけ渡してあとは返しても

らったらよかったのに！」

確かにかなりの金額が入っていたので、弟くんの病気の治療をしてもお金が余ると思う。

「でも今現在お金まったくなさそうだったし、少し生活の足しにしてもらったらと……」

「足りすぎるわ！　これから強制労働することが決まっているみたいだけど、それなら無給だけどその分衣食住の最低限の保証はされているし、誘拐犯にそんな同情してお金あげてたらいくらあっても足りないわよ！　犯罪する人間は愉快犯以外大抵理由があってしてるんだから！」

ごもっともである。ぐうの音も出ない。

「ああ、もったいない。私が欲しいわ」

「あげようか？」

「いやよ！　そんな、お金で繋がった友情なんて！」

どっちなんだ。

でもそう言われて悪い気はしない。

そうよ、私とブリっ子はお金でなんて繋がってなくて、心で繋がってるのよ！

え？　そもそもこうしてお話するようになったのがお金のおかげだって？

確かにクラーク様からブリっ子はお金もらってたけど、今はそんなの関係なく友情を育《はぐく》んでいるもの！

……そうよね？　ブリっ子今お金で繋がってないって言ったわよね⁉

「アビゲイル王女殿下もそう思いますよね？」

ブリっ子がアビゲイル王女に同意を求めるが、アビゲイル王女からの返事はない。

「アビゲイル王女？」

私も声をかけるが、彼女はボーッと意識をどこかにやっている。

「かっこよかったですわ」

アビゲイル王女が興奮冷めやらぬ様子でうっとりしながら呟いた。

彼女はまだネイサン王太子の活躍が忘れられないらしい。

まさかこんな形で二人の関係に決着がつくとは思わなかったが、ハッピーエンドでよかった。

「人の好みもそれぞれよね」

ネイサン王太子のよさが理解できないブリっ子が言う。

「でもアビゲイル王女殿下、これからが大変ですよ」

「大変とは？」

恋愛の話になった途端アビゲイル王女が反応した。

これが恋する乙女か……。

「いいですか、アビゲイル王女。今は相手に恋してすべてが愛おしく思えるとき。だけど、これから――相手の欠点も見えてくるんです」

アビゲイル王女がそのことを考えていなかったようで、背後で雷が落ちたのではないかと思うほど衝撃を受けていた。

「け、欠点……！」

「そうです。欠点が見えると一気に幻滅することもあるんですよ！　ね、レティシア、あなたもクラーク殿下の欠点見たことあるでしょう？」

「え？」

急に話を振られて、私は間抜《まぬ》けな声を出してしまった。

「え？　じゃなくて、クラーク殿下にはどんな欠点があったの？」

「クラーク様の欠点……？」

考えたが特に思い浮かばない。

「何かあるでしょ？　何か！」

もはやブリっ子はただ気になって聞いてきてる感じがする。

「うーん……」

私は考えて、考えて。

「あ」

あるクラーク様の一面を思い出した。

◇◇◇

「ブリっ子、ちょっとお城探検しよう」

「お城はちょっとという軽い気持ちで探検するものではないと思うんだけど」

「いいからいいから！」

私はむしゃむしゃマカロンを頬張っているブリっ子を連れて、王城の廊下をスタスタ歩く。たまにいる兵士は静かに頭を下げるだけで止めることはしない。今日は脱走しているわけでもないので当然の対応だ。

「ねえ、部外者の私がうろちょろしても咎《とが》められないんでしょうね？」

「大丈夫大丈夫！　ブリっ子は許可を得て王城にいるんだから」

「あんたの大丈夫ほど信じられないものはないのよねえ」

ブツブツ文句を言いながらもブリっ子はあとからついてきてくれている。

「で、目的地はあるの？」

「うん、ここ」

ブリっ子に懐《ふところ》に入れていた地図を見せる。

「ひいっ！　ちょっと、それこのお城の地図でしょう⁉　絶対私に見せちゃダメでしょ！」

プイッとブリっ子がそっぽを向いて、地図から顔を逸らした。

「ちっちっち！　地図は地図でも、ほら見てこれ！」

「うっ！」

ブリっ子の顔をこちらに向けて顔の目の前に地図を広げる。ブリっ子は嫌そうな顔をしていたが、じっとそれを見ると、目を瞬いた。

「何これ、落書き？」

「宝の地図よ！」

「どこが？　どう見ても子供の落書きじゃない」

ブリっ子がそう言うのも無理はない。

どう考えても、手書きの、それも子供が描いたと一目でわかる地図だからだ。

「ふふ、これはね、クラーク様の宝の地図なのよ！」

そうなんとこれを描いたのはクラーク様なのだ。

「王妃様に聞いたら『これねえ、クラークが描いたのよぉ。宝を隠した！　とかはしゃいでいたのを思い出すわぁ。まだその地図の場所にあるんじゃないかしらぁ』って言ってたのよ！」

「待って、王妃様って本来そういう話し方なの？」

「それは今どうでもいいんだけど」

「私には衝撃なんだけど！」

何やら衝撃を受けているブリっ子を放って地図の通りに進む。ブリっ子は時折「憧れていたのに」「いやこれはこれでいいかも」「ギャップ萌え」とかボソボソ呟きながらついてきていた。ギャップ萌えってなんだろう。あとで訊こう。

「ここよ！」

ある部屋の前で足を止める。

「あんまり宝がある感じしないわね」

「そういうものよ！　で、ここからがブリっ子の出番なんだけど」

「ただ連れてきたわけじゃないのね」

私は扉についている鍵を指差した。

「これ、文字で開くタイプなんだけど、地図に書いてある字が読めないのよ……」

地図にはきちんとここを開くための言葉が書いてあるようなのだが、私には読めなかった。ぐちゃぐちゃと書きなぐられた、子供の字の解読は私には難しかったのだ。

「前に子供とよく接してるって言ってたでしょ？　読めたりしないかなーと思って」

「よく覚えてたわね。どれどれ……」

ブリっ子が地図の文字を読みながら鍵をガチャガチャ動かす。

カチャッ！

「開いたわよ」

「さっすがブリっ子！　子供心をいつまでも持っている女！」

「ちょっと！　一言多いのよ！」

「どーれどれどれ……」

「聞きなさいよ！」

ブリっ子を無視して果たしてどんなお宝があるのかとワクワクしながら、扉を開け放った。

「えーっと……」

ブリっ子がなんとも言えない顔をしている。

それもそのはずである。

「何これ……」

そこにはなんとも表現しがたいものがゴロゴロ転がっていた。よくわからない彫像、よくわからない粘土の塊、よくわからない絵、基本的によくわからないもので満たされていた。

「レティ！」

二人で顔を見合わせて戸惑っていると、後ろから声がした。

「クラーク様」

クラーク様が息を弾ませながらこちらに来た。

「レティ、それ……」

「あっ！　ええっと……」

私の握りしめた宝の地図を見つけたクラーク様の、咎めるような視線から逃れるように言い訳を考えるが見つからない。

そしていつもながらブリっ子は一瞬のうちに消えた。

ずるい。私も連れて行って！

オロオロしていると、クラーク様にガシッと肩を掴まれた。

「レティ、俺は……」

いつになく真剣な表情のクラーク様に、私は背筋を伸ばした。

「はい……！」

「俺は……」

ごくり、と唾を飲み込んでクラーク様の言葉を待った。

クラーク様はついに覚悟を決め、口を開いた。


「俺は……芸術的センスが皆無なんだ……」


「げいじゅつてき……えっ、何……？」

「この部屋を見てくれ」

クラーク様にクルリと体の向きを変えさせられて、部屋の中の物を見させられる。

中にあるのはやはりよくわからない物ばかりだ。

「これは昔俺が作ったんだ」

「えっ！」

このよくわからない物たちを!?

「俺は芸術的センスが皆無なんだ……」

クラーク様がもう一度言った。

「でも王族は必ず芸術の授業も受けなければいけない……」

「ああ……」

なんとなくわかった。これは幼いころクラーク様が作った物なのだろう。

「芸術的センスはないが、それでも子供ながらに一生懸命作った、俺なりの宝物だったんだ……」

だから宝の地図なのか！

私はクラーク様の宝物を一つ手に持ってみる。

……やっぱりよくわからない……。

よくわからないが、これは幼いクラーク様の努力の結晶なのだろう。

「……これはこれで味があると思います！」

「レティ……！」

なんとか絞り出した私の言葉に、クラーク様は感動した様子で瞳を潤ませた。

私が手に持ったよくわからない物をしっかりと握り込まされる。こ、これはまさか――。

「レティ、じゃあそれ君にあげるよ！」

「ごめんなさいそれは大丈夫です！」

私はきっぱりはっきりお断りさせていただいた。

だって絶対夢に出るもの！

◇◇◇

「そんなこともあったわね」

ブリっ子がクッキーをボリボリ食べながら話を聞いている。

「あ！　ということは」

マリアが部屋にある、ある一点を指さした。

「あの何かわからない物体はクラーク王子の作品なんですね!?」

そこには謎のもので作られた謎の物体があった。

「『踊るレティ』ってタイトルらしいわよ」

「あんたなのこれ!?」

ブリっ子が私と謎の物体を見比べる。

「大丈夫、この腰のところしか似てない」

「待って腰似てる!?」

まったく似てないと言われると思っていたのにそんなこと言われると不安になる。

「それであんたはその欠点を知ってどう思ったの？」

「え？」

このクラーク様の壊滅的――じゃなかった芸術的センスを知ってどう思ったか？

「か、可愛いなって」

照れながら言ったらブリっ子がすごい顔をした。

「はいはいはいはいバカップルお幸せに」

「どうしたのブリっ子人の幸せ祝えない病んでる人なの？」

「病んでないわよ！　失礼ね！」

ブリっ子がアビゲイル王女に向き直った。

「これは特殊な例なので、参考にしないでください」

特殊って！

「じゃあブリっ子はどうなのよ！　兄様の欠点知ってるんでしょ！」

私の問いにブリっ子は真顔で言った。

「ナディルに欠点なんてないわよ」

本気でそう思っている様子が窺えて、私は生温かい気持ちになった。

恋って……。

私はアビゲイル王女の肩をそっと叩いた。

「欠点も気にならないので問題ないです」

「そうですわね」

私たちの反応を不思議に思っていそうなブリっ子を見ながら、私は結論を出した。

人の好みはそれぞれである。

あとがき

初めましてもそうでない方も、こんにちは！　沢野《さわの》いずみと申します。

『妃教育から逃げたい私』三巻をお手に取っていただき、ありがとうございます。

両想いだけど関係が進展しない二人を進展させるにはどうするか……そうだ！　ライバル令嬢出そう！

ということでアビゲイルが誕生しました！

でもライバルはライバルでも、前から言っているのですが、『妃教育から逃げたい私』は完全な悪役というものを出さないことを目標としている作品なので、とてもいい子です。

そして新婚旅行編を読んだ皆様、まさか彼がまた出てくるとは思わなかったでしょう。私も新婚旅行編書いてるときはネイサンをまた出す予定はなかったです。

私はプロットをガッチリ作るより、そのまま書きながら話を考えていくタイプでして

……ライバルにも相手を作ってあげたいな。その相手がきっかけでクラークにアタックしてるとかいいな。そうだ！　あのネイサンが嫌だから来たことにしよう！　というのを書きながら考えているので、実は作品のラストとかも書き出したときは私も知りません。どうなるんだろうなと思いながら書いてます。

ちなみにネイサンが武術を趣味と言わなかったのは、本人にとって日常のものになりす

ぎて趣味と認識していなかったからです。

さて、文庫一巻、二巻のあとがきでも書きましたが、『妃教育から逃げたい私』アニメ化決定です──！

応援してくださる皆様、素敵な漫画を描いてくださる菅田うり先生、そして関係者の皆様のおかげです！　ありがとうございます！

本作品の出版に関して、尽力してくださった方々に、この場を借りて感謝を述べさせていただきます。ありがとうございました。

数ある書籍の中から、文庫版『妃教育から逃げたい私3』をお手に取っていただいた読者の皆様にも深く感謝申し上げます。本当にありがとうございました。

また次回作もお手に取っていただけますように。

二〇二四年五月吉日　沢野いずみ

コミックス
最新6巻
今秋発売予定
逃げる妃と
追いかける王子の
大ヒット
ラブコメディ♥
妃教育から逃げたい私
I want to escape from princess education
PASH UP!で
好評連載中
漫画 菅田うり 原作 沢野いずみ
キャラクター原案 夢咲ミ

この本を読んでのご意見・ご感想・ファンレターをお待ちしております。

〒104-8357 東京都中央区京橋 3-5-7
(株)主婦と生活社 PASH! 文庫編集部
「沢野いずみ先生」係

PASH!文庫

※本書は「小説家になろう」(https://syosetu.com)に掲載されていたものを、改稿のうえ書籍化したものです。
※この作品はフィクションであり、実在の人物・団体・法律・事件などとは一切関係ありません。

妃教育から逃げたい私 3

2024年6月10日 1刷発行

著 者 沢野いずみ
イラスト 菅田うり
編集人 山口純平
発行人 殿塚郁夫
発行所 株式会社主婦と生活社
〒104-8357 東京都中央区京橋 3-5-7
[TEL] 03-3563-5315(編集) 03-3563-5121(販売)
03-3563-5125(生産)
[ホームページ]https://www.shufu.co.jp
製版所 株式会社二葉企画
印刷所 大日本印刷株式会社
製本所 株式会社若林製本工場
デザイン 井上南子
フォーマットデザイン ナルティス(粟村佳苗)
編 集 黒田可菜

 ISBN978-4-391-16253-0